천년 벗과의 대화

안대회

천년

벗과의

대화

민음사

두꺼운 고서를 읽다가 맑고 개운한 기분이 불쑥 찾아오거나 몇 장에 지나지 않는 짧은 글을 보면서 가슴 뭉클해질 때가 한두 번이 아니다. 수백 년 전 선인들과 만나는 순간이다. 직접 만난다 한들 말도 제대로 통하지 않고 생각도 일치하지 않을 과거 속 사람들이다. 그래도 책을 통해서 만날 때에는 서로의 인생에 끼어들어 말도 건네고 영향도 받는다. 인생의 연출에는 시간과 공간의 제한이 없다. 세상에서 벌어지는 일들은 다 연관되어 있다. 공감하지 못할 만큼 외따로 떨어져 차단된 인생이란 결국에는 없다.

넓은 세상을 다니며 두루 체험하지도 못했고, 다양한 사람을 폭넓게 만나 보지도 않았다. 서재에 틀어박혀 책을 통해 만나고 대화하고 하여 벗이 된 사람들이 더 많다고 할 만큼 나의 세계는 책으로 둘러싸인 책 둥지이다. 서재에서 사귄 벗들이 되레 만남의 기회도 더 많고 내용도 훨씬 풍부하며 할 이야기도 많다. 이 시대를 살면서 체험하고 대화한 것은 차라리 마음속에 묻어 버려도 좋고 대신에 오래된 책들을 접하면서 만난 사람들과 나눈 대화는 묻어 버리기 아깝다고 생각하는 까닭이다.

『천년 벗과의 대화』는 그동안 읽은 옛 책들에서 시선을 끌고 마음을 사로잡았던 사람들의 이야기를 글로 쓴 것이다. 고전은 수많은 사람이 연출하는 사연과 메시지로 풍성한 창고다. 우리 옛 문학을 연구하면서 그 창고에 쌓여 있는 많은 사연과 대면해 왔고 때때로 느낀 바를 짧은 글로 쓸 기회가 생겼다. 그렇게 지은 글을 모으고 고쳐서 엮고 보니 작은 책 한 권 분량이 된다. 옛것을 이야기하고 있으나 오늘날 우리와 우리 주변의 삶과 동떨어진 것이라 못하겠다. 이 작은 책이 긴 호흡으로 우리 인생을 바라보는 데 조금이라도 도움이 된다면 좋겠다.

2011년 7월
안대회

차 례

누가
내 꿈을
이루어 줄까

한가로움에 대하여

이용휴의 충고

만나는 사람마다 누가 먼저랄 것 없이 "바쁘지요?"라고 묻는 것이 인사가 되었다. 으레 "그렇지요."라고 대꾸하다가도 가끔 "한가합니다."라고 넉살 좋게 되받을 때는 묘한 쾌감이 뒤따른다. 그만큼 한가한 것, 또는 한가함을 느끼는 것이 현대인에게는 멀게만 느껴진다. 일을 가진 사람이나 일을 가지지 못한 사람 모두에게 그렇다.

현재와는 비교가 되지 않을 만큼 느린 사회인 옛날에도 한가로움이 상류 사회 사람들이 갈망하는 욕구였다. 그 시대에도 복잡한 사회적, 인간적 관계로 인해 정신적 피로가 극에 달한 사람이 적지 않았다. 그들이 즐겨 말한 모토는 다음의 시구에 담겨 있다.

인생의 만족을 꾀한들 어느 때나 충족되랴.
늙기 전에 한가로움 얻어야 그게 진정 한가로움이지.
人生待足何時足　未老得閑方是閑

송(宋)나라 때 어떤 역사의 벽에 적혀 있던 시구이다. 욕망으로 가득한 인생의 바쁜 질주에서 한숨 돌리고픈 소망이 잘 표현되었다.

상류층일수록 한가로움을 갈망하였다. 정조만 해도 1790년에 건설한 수원의 화성 행궁에 미로한정(未老閑亭)이란 정자를 세웠다. 지금도 그 자리에서 우아한 자태를 뽐내는 이 정자의 이름은 위 시구에서 따온 것이 틀림없다. 더 늙기 전에 왕위를 물려주고 물러나려는 속내를 은근히 드러내기도 한다. 또 정조 때의 명신(名臣) 윤행임(尹行恁, 1762~1801)이란 사람은 아예 자기 서재를 이 구절을 따서 방시한재(方是閑齋)라고 이름 붙였다. 그는 퇴근하여 꽃밭을 산책하고 책을 읽는 여유를 즐기면서 그 정도면 한가로움의 정취를 얻었다고 자부했다. 서른도 되지 않은 나이의 일이다. 그렇게 한(閑)이란 한 글자는 유행처럼 사람들 입에 오르내렸다.

그런데 같은 시대를 산 이용휴(李用休, 1708~1782)란 문인이 그런 유행에 일침을 놓았다. 저 한가할 한(閑)이란 글자는 경전에도 실려 있지 않고, 성인도 말씀한 적이 없건만 그 핑계를 대고 사람들이 허송세월한다는 것이었다. 그래서 생각해 보니, 과연 『논어(論語)』를 비롯한 옛 경전에는 한가롭다는 뜻을 가진 한(閑) 자가 쓰인 것을 거의 보지 못했다. 있다고 해야 사이라는 뜻의 간(間) 자로 쓰일 뿐이요, 한가롭다는 의미는 후대에 덧붙여졌다. 먼 옛날 사람은 한가로운 인생에 대한 욕망도, 개념도 없었다는 말이다. 그러던 것이 언젠가부터 한가로움이 생활에서도, 문화에서도 욕구로 등장하였다. 이용휴는 이 우주 자체가 한가롭지 않게 늘 운행하므로 사람이 한가로운 여유를 즐기는 것은 옳지 않다고 하였다. 한가로움이란 고상하지만 허황한 목적을 위해 시간을 허비하지 말라고 하며 이렇게 당부하였다.

사람들이 당일(當日)이 있음을 모르는 데서부터 세상일이 그릇되었다. 어제는 이미 지나갔고, 내일은 아직 오지 않았으므로 무언가를 해야 한다면 오로지 당일에 해야 한다. 이미 지난 시간은 다시 회복할 방법이 없고, 아직 오지 않은 시간은 아무리 3만 6000일이 연이어 다가온다 해도 그날은 그날에 마땅히 할 일이 있으므로 실제로는 그다음 날까지 손쓸 여력이 없다.

하루가 쌓여 열흘이 된다는 뜻의 「당일헌기(當日軒記)」라는 짧은 글에 나오는 내용이다. 인생 100년 3만 6000일에는 그날마다 할 일이 있으므로 미루지 말고 그날 할 일을 그날 하라고 말한다. 그러면 하루가 쌓여 열흘이 되고, 한 달이 되며, 한 해가 된다. 만약 당일에 할 일을 하지 않으면? 그날은 공일(空日)이 된다. 그의 말처럼 한가로움의 욕망에 휩쓸리지 않고 부지런히 제 할 일 하는 것이 우주와 더불어 인생을 사는 것이리라.

소반을 만들며

심대윤과 노동의 즐거움

부끄러운 일이지만 학문을 직업으로 한답시고 손에 책을 잡는 것 외에는 잘하는 것이 없다. 한때 이 직업을 버린다면 무엇을 할 수 있을지 고민한 적이 있다. 결국 대안이 없어 생각을 진전시키지 못하고 다행히 학생을 가르치고 공부하는 일을 계속하지만 무언가 다른 일도 할 수 있어야겠다는 생각을 버리지 못한다.

조선 시대로 치자면 내 신분은 선비에 속할 터인데, 그 시대에 선비는 사회적 지위가 가장 높았다. 사대부는 학문과 정치를 주업으로 하며 천한 일을 하지 않았다. 선비가 굶는다 하여 먹고살기 위해 장사를 하거나 물건 만드는 장인이 되는 일은 거의 없었다.

심대윤(沈大允, 1806~1872)이란 학자가 있었다. 100여 책이 넘는 저서를 남긴 큰 학자로 고조부가 영의정을 지내고 증조부가 이조판서를 지낸 혁혁한 명문가의 후예이다. 그의 글에 「치목반기(治木槃記)」, 즉 「소반을 만들며」가 있다. 형제 셋이 소반을 만들어 파는 생활에 대해 1845년 그의 나이 마흔에 쓴 글이다.

경기도 안성의 가곡(佳谷)이란 곳에 살 때 흉년이 들어 생활이 곤란해졌다. 마침 마을에 경상도 통영의 장인(匠人)이 찾아들어 소반을 만들어 파는 것을 보고 곁눈질로 기술을 배워 아우 둘과 함께 소반을 만들어 팔기 시작하였다. 독서만 하며 굶는 것보다는 힘이 드는 일을 하여 생계를 꾸리는 것이 옳다는 생각에서였다. 나중에는 형제 셋이 읍내로 나가 아예 공방을 차려서 물건을 만들어 팔았다. 첫째 아우가 솜씨가 가장 좋았고, 막내 아우가 그다음이며, 그는 솜씨가 좋지 않아 잔일을 했다. 소반 하나에 60, 70전(錢)을 받아 하루에 100전의 이문을 남겼다.

"근력이 들어 힘들기는 하지만 마음은 한가로워 아무 일이 없었기에" 소반을 만들어 파는 여가에 형제들과 그동안 추구하던 학문을 계속할 수 있었다. 그는 어째서 구태여 마음이 편하다는 말을 하였던가?

당시 소반을 만드는 일은 비천한 장인이나 하는 일로 간주되었기에 그처럼 명문가 후손이 가난하다 하여 할 일은 아니다.

그러나 심대윤은 그 일을 하는 것이 "현명하고도 현명한 일이라서 더럽고 욕되다 할 수 없다."라며 이렇게 소견을 밝혔다.

나는 평생 신경을 쓰고 힘을 들여서 조금이라도 물건을 만들어 낸 노력이 없는데도 사십 년 동안 뱃속에 곡식을 넣었고 몸뚱어리에 옷가지를 걸쳐 왔다. 늘 언짢고 부끄러워하며 천지 사이의 한 도둑놈일 뿐이라고 생각했다. 이제 두 아우를 따라 이 일을 하니 내 마음이 조금 편안해지고 부끄러움이 사라졌다. 크고 작기를 가릴 것 없이 스스로 갖은 힘을 다해 먹고산다는 점에서 모든 일은 똑같다.

이 대목에 이르러 글을 쓰는 그의 내면이 참으로 크게 성숙한 결과라는 것을 느꼈다. 세인이 천히 여기는 일을 양반이 하는 데 대한 핑계의 글이 아니라 오히려 나이 마흔에 비로소 하는 일 없이 밥을 먹고 옷을 입는 도둑에서 벗어나게 되었다는 기쁨을 표시한 글임을 알게 되었다. 현대적인 표현을 쓴다면 이 글은 노동의 즐거움을 알게 된 어느 사대부의 고백을 피력하고 있었다.

심대윤의 선배 서유구(徐有榘)는 이렇게 노동하지 않는 자를 비꼰 적이 있다.

"우리 동방의 사대부는 10대조 이상에서 벼슬한 자가 하나라도 있으면 낫 놓고 기역 자도 모르는 무식쟁이일망정 손에 쟁기와 따비를 잡지 않는다. 한갓 문벌만을 빙자하여 공업과 상업에 대해 말하기를 부끄러워한다. 손가락 하나 까딱하지 않고 메뚜기처럼 곡식을 축내는 생활을 하며 꾀가 참 좋다고 우쭐댄다."

심대윤의 행동과 사고가 얼마나 파격적인가는 서유구의 생각을 읽으면 짐작된다. 막내 아우가 심대윤 곁에서 이렇게 거들었다.

"직업의 귀천은 때에 따라 다릅니다. 장인을 지금 사람은 천하게 여기지만 훗날에는 귀하게 여길지 어찌 압니까?"

그의 말처럼 장인이 대우받는 세상이 되기는 했으나 낡은 의식의 잔재는 여전하다.

공부한다는 것

왕태와 박돌몽의 작은 성공

마음으로 즐겨서 책 읽고 공부하는 사람이 몇이나 될까? 부모는 하라고 성화이고, 아이들은 마지 못해 하는 것이 독서요, 공부라 여기는 사람이 그렇지 않은 사람보다 월등히 많다. 그런 이들에게 독서와 공부는 즐거운 일이 아니라 고역이다.

그렇지만 공부하고 싶어도 하지 못하는 사람들도 있다. 현대에도 적지 않지만 100년 이전의 과거에는 대다수 사람들이 그랬다. 책 읽고 공부하는 것은 그야말로 귀족적 특권이었다. 여성이 공부할 수 있었는가? 여성은 공부해서는 안 되었다. 서민들은 공부할 수 있었는가? 역시 공부할 수 없었다. 원천적으로 막혀 있기도 했지만 설사 공부한들 쓸 데가 없었다. 양반가 여성조차도 남자 형제들 책 읽는 소리를 귀동냥해서 공부했으니 비범한 능력의 소유자가 아니면 불가능한 일이라고 해야 하리

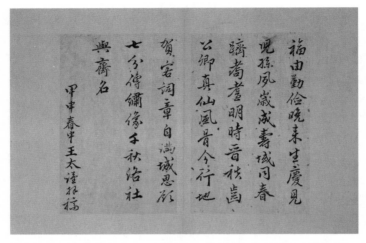

왕태가 1824년에 쓴 친필 시고. 그의 유필로는 드물게 남아 있는 것이다. 수경실 소장.

라. 공부한다는 것이 무엇과도 바꿀 수 없는 특권이었던 시대가 있었다.

그래서인지 공부할 여건을 갖추지 못한 사람이 갖은 고초를 겪으며 공부해서 문인도 되고, 학자도 되어 주위의 존경을 받는 이야기가 옛 전기에 종종 보인다. 그 가운데 신분이 천한 사람들의 이야기는 보다 감동적이다.

정조 연간에 왕태(王太)라는 사람이 있었다. 집안 내력이 없는 사람인 데다 조실부모하고 살림이 거덜 나서 형제자매가 사방으로 흩어졌다. 스물넷 나이에 김가 노파의 술집에 중노미로 들어가 연명한 그는 술을 나르는 틈틈이 책을 읽었다. 그걸 좋아할 주인이 어디 있으랴? 술집 할머니가 화를 내며 책을 읽지 못하게 했지만 그래도 품속에 책을 숨기고 오며 가며 읽고, 물을 끓일 때는 아궁이 불빛에 비춰 책을 외자 할머니도 감동하여 날마다 초 한 자루씩을 주어 밤에 읽도록 배려했다.

한번은 품삯을 받고 대궐문 밖에서 보초를 선 일이 있었다. 환한 달빛 아래서 책을 외는데 마침 윤행임(尹行恁)이란 고위 관료가 입궐하다 그 소리를 듣고 멈춰서 사연을 묻고는 정조 임금에게 자초지종을 고했다. 정조는 기특하게 여겨 왕태를 탑전(榻前)으로 불러 시험하고, 장용영(壯勇營)에 소속시켜 녹봉을 받게 하고 경서를 하사하고 중학(中學)에 입학시키는 특전을 베풀었다. 이 일은 1787년 겨울에 벌어졌다. 술집 중노미가 임금을 뵙고 공부할 수 있는 은전을 입은 이 일은 당시 장안을 뒤흔든 사건이었다.

비슷한 시기에 박돌몽(朴突夢)이란 사람이 있었다. 그는 국가에 물건을 공납하는 김씨의 종이었다. 공부는 하고 싶었지만 종에게는 가당치도 않은 사치였다. 주인집 아들의 책 읽는 소리를 귀동냥해서 공부에 대한 갈증을 풀었다. 그러다 이웃집 서당을 찾아가 배우기를 청하여 허락을 받았지만 천한 신분이라 방 안에 들어가 함께 공부할 수 없었다.

이런 일도 있었다. 학질에 걸린 그에게 주인집에서 집에 가

병을 고치라고 휴가를 주자 박돌몽은 "독서할 기회가 생겼다."라고 좋아하며 방에 틀어박혀 의관을 정제하고 글을 읽었다. 학질 때문에 오한이 나면 이를 악물고 읽었다. 그러자 사흘 만에 학질이 떨어졌다.

주인이 놀기만을 좋아하고 공부하지 않는 아들을 돌몽보다 못하다고 꾸짖자 그 아들은 화가 나서 툭하면 작대기로 그를 때렸다. 할 수 없이 그는 아내와 함께 남양군으로 도피해 쉬지 않고 공부했고, 그 열성을 지켜본 유력자가 그를 옥리가 되도록 주선했다.

왕태나 박돌몽은 공부할 기회가 원천적으로 막혀 있고, 공부한들 앞길에 아무런 보장도 없는 처지임에도 공부에 대한 욕구를 실현하고자 했다. 그들의 열정과 노력의 과정은 눈물겹다. 그들이 어렵게 공부했다고 해서 꼭 사회적으로 성공을 거둔 것은 아니다. 하지만 그들의 작은 성공은 남들의 큰 성공보다 소중한 가치와 깊은 의미를 지닌다.

현대에도 역경을 헤치고 공부한 사람들 이야기가 종종 화제가 되곤 한다. 지금은 공부한다는 것이 과거처럼 특권은 아니다. 하지만 여전히 공부할 여건을 갖추지 못한 사람들이 많다. 그런 역경 속에서 힘겹게 거둔 작은 성공은 언제나 아름답다.

누가
내 꿈을
이루어 줄까

홍길주가 상상한 세계

　'누가 내 꿈을 이루어 줄까?' 의문형으로 된 이 기발한 문장은 홍길주(洪吉周, 1786~1841)란 19세기 문인의 저술 『숙수념(孰遂念)』을 우리말로 옮긴 것이다. 누군가 나타나 내가 이루지 못한 꿈을 이루어 주기를 바라는 희망을 담은 표현이면서도 내 꿈을 성취시킬 자 아무도 없다는 절망의 표현으로도 읽을 수 있다. 10여 년 전에 구해 놓은 16권 7책이나 되는 두툼한 분량의 이 책을 근자에 다시 읽었다. 제목에서 추정되듯이 그가 상상한 세계를 묘사한 내용들로 가득 채워졌다.

　그가 상상한 세계는 16개 분야로 나뉜다. 수많은 건물이 들어찬 대저택과 사방이 10리에 이르는 정원이 그가 처음 상상한 주거 공간이다. 다음에는 이 저택에 사는 사람들에게 할 일을 배분하고, 손님들과 연회하는 절차와 예법을 나열하고, 구비할 도서의 목록과 학습의 과정을 제시한다. 이어서 생활에 필요한 가재도구와 재물을 갖추는 일, 대인 관계에서 지켜야 할 일도 규정하고, 놀이나 여행이 없을 수 없으므로 그 세부적인 절차도 마련한다. 이렇게 한 인간이 품위를 지니며 살아가는 데 필요한 갖가지 도구와 생활의 지혜가 체계를 갖추어 묘사된다. 대저택을 근사하게 짓고 그 속에서 영위하고픈 최상의 생활을 계획한 인생 설계도인 셈이다. 매우 구체적이어서 저택의 각 건물에 명칭을 부여하고 각각의 건축 의도를 밝히는 기(記)나 상량문(上樑文) 등을 지었고, 또 그 안에서 영위할 생활에 대해서도 시시콜콜하게 설명했다. 수학을 하지 않을 수 없다고 해서 기하학에 관해 상세하게 서술하는 식인데 우리 상식을 초월하는 19세기 사람의 관심사와 사유가 놀랍게 펼쳐진다.

나는 조선의 문인들이 지나치게 현세적이라서 상상하는 힘이 부족하다고 생각한 터라, 홍길주가 상상 속에 재현한 화려하고 평화로우며, 교양과 여유로움이 넘치는 이 공간이 너무도 기발하게 느껴졌다. 고대 그리스인이 꿈꾼 아르카디아나 도연명이 꿈꾼 도원경(桃源境)이 부럽지 않은 한국적인 이상향이 바로 이런 게 아닐까?

하지만 어째서 그는 거창한 설계를 해 놓고 누가 나타나 그 꿈을 이루어 주기를 바랐을까? 스스로 건설할 수는 없었을까? 그는 퇴영적이거나 무기력증에 빠진 지식인은 아니었을까? 의

문이 꼬리를 물었다.

홍길주는 마흔 즈음 장년기에 이 저술을 완성했다. 그때 그는 벼슬도 노동도 하지 않는 선비에 불과했다. 현실에서 그가 할 일은 아무것도 없었다. 그는 선비에게 주어진 공식인 관료로 입신하는 꿈을 일찌감치 접고서 무명의 한 인간으로 살아가는 길을 선택했다.

왜인가? 그의 형 홍석주(洪奭周, 1774~1842)는 좌의정까지 지낸 명사요, 그의 아우 홍현주(洪顯周, 1793~1863)는 정조의 부마였다. 두 형제 사이에 끼인 그는 노력으로 무언가를 성취하기에는 볼품없는 존재로 보였다. 또 출세의 관문인 과거 시험의 부정에도 좌절했다. 게다가 그마저 벼슬길에서 현달하면 남의 지목을 받으니 조용히 살라는 어머니의 권유도 한몫했다. 이후 그는 주목받는 인간이 되기를 포기했다.

하지만 한창 왕성하게 활동하며 살아갈 40대에 그저 책 읽고 글 쓰는 문사로 허무하게 노쇠해 가는 자신을 발견하게 된다. 무언가를 이루고자 하는 욕망이 강하다는 사실을 확인하고 상상으로라도 이루고야 말겠다는 의지로 이 흥미로운 저술을 남겼다.

그 시절의 지식인들은 절망에 좌절하지 않고 꿈꾸던 이상을 상상으로 재현하곤 했다. 홍길주의 저서도 그중의 하나이다. 돌이켜 보면, 그처럼 나 역시 40대이고 그보다도 이룬 것이

별로 없다. 한창 패기에 차서 희망을 꿈꾸는 2, 30대와는 달리
40대 장년은 묵직한 인생의 무게에 짓눌려 자유롭지 못하다.
잊었던 꿈을 되새겨 후배나 자식들에게 이루어 달라고 부탁할
거창한 설계를 할 수만 있다면 얼마나 행복한가!

　'누가 내 꿈을 이루어 줄까?'

　내게는 이 말이 소극적으로 들리지 않는다.

고집쟁이

원칙주의자 황순승

    사람들이 모인 집단에는 고집 센 사람이 한둘씩 박혀 있기
마련이다. 주변 사람들을 난처하게 만들기도 하고, 일의 원활한
진행을 방해하기도 하는 고집쟁이는 남 생각을 하지 않고 무리
하게 제 주장만 펴는 사람으로 보이기 쉽다.

    하지만 꼭 그런 것만은 아니다. 시류(時流)요 현실이라는 핑
계로 순간의 편의와 이익만을 좇기보다는, 원칙을 지키며 사는
고집쟁이도 있다. 그런 고집쟁이로는 숙종 때 사람인 황순승(黃
順承)을 첫손가락에 꼽는다. 평양 사람인 그는 황고집(黃固執)이
란 별명으로 흔히 불렸다. 신광수(申光洙, 1712~1775)와 이덕무
(李德懋, 1741~1793)의 문집을 읽다가 평양의 명사로 그를 소개
하는 글을 거듭 만났다. 친숙한 느낌이 들어 찾아보니 그의 고
집이 만들어 낸 갖가지 기이한 행동을 쓴 글이 제법 많다.

황고집이 당숙과 함께 성묘를 하러 갔다. 묘가 있는 산까지 얼추 20리쯤 떨어진 곳에 이르자 말에서 내려 눈이 녹은 진흙탕 길을 걸어가는 것이었다. 당숙이 왜 그러냐고 묻자 "묘가 있는 산이 보입니다!"라고 했다. 당숙도 할 수 없이 말에서 내려 천신만고 끝에 성묘를 하고 돌아왔다. 그 뒤 당숙은 늘 그 일을 말하며 "쯧쯧, 순승아!"라고 혀를 차며 다시는 같이 다니지 않았다.

한번은 황고집이 밤길을 가다가 도적 떼를 만나서 타고 가던 말을 빼앗겼다. 도보로 얼마를 가다가 걸음을 돌려 돌아와서는 손에 잡고 있는 채찍을 도적에게 주면서 "말이 말을 듣지 않을 때는 이 채찍을 쓰시오!" 하고는 되돌아갔다. 도적이 놀라서 "당신 혹시 황고집 씨가 아니오?"라고 물었다. 그렇다고 하자 도적 떼는 "현자(賢者)가 타던 말이다!"라고 하며 말을 놓고 그냥 가 버렸다.

황고집이 서울에 볼일을 보러 왔을 때 서울 사는 친구가 죽었다는 소식을 듣게 됐다. 동행한 사람이 마침 잘 됐다고 하며 이참에 문상하자고 했다. 황고집은 거절하며 "이번에 상경한 목적은 문상이 아니다. 다른 일을 하던 차에 친구의 문상을 해서야 되겠는가?"라고 하며 평양으로 되돌아갔다. 오로지 문상을 하기 위해 그는 다시 상경했다.

황순승이 고집을 피운 일화는 하나같이 엉뚱하고 기발하기

짝이 없다. 누가 뭐라 하든지 스스로 옳다고 생각하면 과감하게 행동으로 옮기고, 남의 이목이나 빈정거림에 흔들리지 않았다. 사람들은 그런 그를 편협한 고집쟁이로 내놓았다.

그런데 그의 행동에는 일관된 그 무엇이 있다. 부모에 대해 공경하고, 남에게 예의를 갖추며, 살아 있는 것을 죽이지 아니하며, 소박하게 천진함을 지킨다는 원칙이다. 그 원칙을 편의와 이익 때문에 수정하지 않고 고집스럽고 철저하게 지키려 했다. 호를 집암(執庵)이라 했는데, 집(執) 자에서 원칙주의자의 소신이 풍긴다. 이 호는 『중용(中庸)』에 나오는 다음의 문구에서 따왔을 것이다.

선을 택하여 굳게 지키라.
擇善而固執之

엉뚱하고 편협하며, 한편으로는 어이없게 느껴지는 그의 행동을 미워할 수 없는 이유는 그 속에서 선하고 천진한 마음을 읽을 수 있기 때문이다.

그의 별명 황고집은 융통성 없이 집요하게 제 주장을 펴는 사람의 대명사가 되었다. 생존 시부터 먼 후대까지 그는 평양을 대표하는 인물의 하나로 꼽혔다. 평범한 사람이 하기 어려운 일만을 골라 했으나 평양 사람들은 그를 미워하지 않았다. 이덕무는 황고집이 물정에 어두운 사람처럼 보이지만 오히려 편협한 사람의 정신을 일깨운다고 치켜세웠다. 그는 가정 내에서 더욱 엄한 원칙을 세워 집안을 이끌었다. 그의 증손자인 황염조(黃念祖)가 가풍을 이어 괴벽하고 고집스러운 시인으로 알려졌고, 현대에 이르러 저명한 소설가 황순원 씨도 그의 후손이라 한다. 모두 시류에 흔들리지 않고 고집스럽게 원칙을 지키는 분들로 이름이 있다. 가치가 흔들리는 시대에 그의 고집이 아름답게 보인다.

방황의 끝

삽교에 정착한 안석경

    취직 철은 다가오는데 전망이 그리 밝지 않다. 제 자리를 얻지 못하는 사람이 올해도 많을 예상이다. 취업한 학생과 그렇지 못한 학생이 만날 때는 서로가 미안하다. 있을 자리가 없는 사람의 비애를 눈빛에서 확인할 때는 더욱 마음이 무겁다. 나 자신이 그런 생활을 오래 겪기도 했다. 시간이 지날수록 비애가 희석되기는 하지만 힘들었던 기억이 상기되곤 한다.

    언젠가 일 때문에 한 달에 두 번 강원도를 찾은 적이 있다. 횡성의 둔내를 거치게 되었는데 차창 밖으로 삽교라는 지명이 스쳐 지나간다. 평범치 않은 그 지명을 접할 때마다 으레 삽교라는 호를 쓴 안석경(安錫儆, 1718~1774)이 떠오른다. 200년 전 그곳에 정착한 인물로 당시에는 꽤나 이름이 알려져 있었다. 내세울 만한 직함이나 유난스러운 문명을 지니지는 않았으나 원주와 횡성에 사는 고매한 선비로 인정을 받았다.

안석경은 충청도 충주 출신이었다. 아버지 안중관(安重觀, 1683~1752)이 강원도 지역의 수령을 지낸 훌륭한 학자였는데, 그도 과거 시험을 보아 출세의 길을 걷고 싶어 했다. 하지만 그는 30대 후반까지 번번이 낙방의 고배를 마셨다. 치악산, 덕고산의 사찰을 찾아서 공부에 전념한 노력도 결국에는 수포로 돌아갔다. 때로는 곳곳의 명산을 찾아다니며 울분을 삭이기도 했으나 세상을 그가 어찌할 수는 없었다. 문장력으로 사람을 뽑기에 덕이 있는 사람은 버려지고, 사적 관계를 중시하기에 능력 있는 자는 물러나며, 대대로 벼슬한 집안사람을 기용하기에 준걸이 내쫓기는 세태였다. 그런 현실을 비판하는 그의 말을 귀 기울여 듣는 자는 어디에도 없었다.

좌절하고 방황하던 안석경은 불혹(不惑)의 나이에 이르러 "세상으로부터 버림받았다."라고 선언하고 원주의 손곡(蓀谷)에 안착했다가 48세 때인 1765년 횡성의 삽교를 마지막 정착지로 선택하였다. 덕고산 아래의 황폐한 들이었다. 오랜 방황 끝에 그는 무엇을 할지를 분명하게 알아차렸다. 자신의 친척과 이웃을 데리고 경지를 개간하여 새 마을을 만들었다. 덕고산에게 정착을 도와 달라는 글을 지어 바치기도 했다.

석경은 얕은 학식과 졸렬한 꾀를 가진 주제에, 세상에서 삶을 영위하지 못하고 명산을 떠돌며 늙도록 살 곳을 찾으러 다녔습니다. 이제야 이 산 아래 정착하여 부친의 책을 안고 형제들과 은거하렵니다. 친척과 이웃을 데려와 이 골짜기에 모여 살며, 땅을 개간하고 집을 세운 다음 경전을 구해 아이들을 가르치렵니다. 엎드려 바라건대, 밝으신 신령께서는 저희들을 받아들이시고 평화롭게 살도록 해 주십시오. ──「삽교가 덕고산에게 고하는 글」

그는 또 천지가 생성된 이래 5만여 년이 지난 지금에야 독서인(讀書人)을 산이 받아들였으니 지혜로운 사람이 태어나게 해 달라고 기원했다. 그는 자포자기 상태에서 막다른 길로 내몰리기는 했지만, 삽교를 발견하고 일가친척을 데려와 황무지를 개간하여 살기 좋은 작은 마을을 만들었다. 그를 흠모하던 많은 사람들이 찾아와 촌락을 이루었다. 삽교라는 마을은 이렇게 해서 만들어졌다.

안석경은 여기에 용연학사(龍淵學舍)라는 의숙(義塾)을 세워 학생을 가르치고, 주변 지역의 학자, 문사와 어울렸다. 강릉 등지에서 학생들이 찾아왔고, 관동 각 지역의 문인 학자들이 그 곁으로 모여들었다. 그는 지역 사회의 구심점 역할을 마다하지 않았다. 그의 주변에 그처럼 제 자리를 잃고 방황하는 사람들이 많다는 사실에 그는 놀랐다. 그 사람들을 다독이며 함께 어울리고 후학을 교육시키면서 안석경은 비로소 좌절과 방황에서

벗어나 자신의 몫을 세상에 되돌렸다. 세상은 그를 버렸지만 그
는 세상과 화해했다. 과거에 급제하여 고관으로 성공했더라면,
지금 삽교라는 지명에서 그의 존재를 떠올리지 못했으리라.

장애를 딛고
이룬 성공

황윤석과 이옥의 청도 검공

모임의 약속 시간이 남아 마침 주변에 있던 도검 박물관을 관람한 적이 있다. 전시된 동서양의 각종 고검(古劍)을 신기하게 보다가 현대에 제작된 검을 전시한 곳에 걸음이 이르렀을 때 섬뜩한 느낌이 들어 서둘러 자리를 떴다. 날카로운 쇠붙이를 싫어하는 데다 도검이 너무 많아서 그런 느낌이 든 것일까? 하지만 검의 쌈박한 이미지와, 검을 다루는 검객이나 검공이 풍기는 날카롭고 매서운 느낌은 매력적인 데가 있다. 그들 가운데 검객은 흔히 이야기되나 검공은 그렇지 않다. 옛날에는 검공이라면 경상도 청도군 출신이 최고라고 했다.

보검은 청도군에서 만들어진 것이 최고의 품질을 자랑했다. 그 단초를 연 사람은 벙어리 검공이었는데 그에게 배운 사람들이 많아져서 그 명성을 이어갔다. 그의 특징은 쇠를 잘 벼리는 것이었고, 처음 매긴 값을 절대 흥정하는 법이 없었다. 18세기의 학자 황윤석(黃胤錫, 1729~1791)은 그런 사실을 『이재난고(頤齋亂稿)』에 기록하고, 그 후예 검공이 만든 보검에 대한 에피소드를 실어 놓았다. 보검이 방 안에 들어온 뱀을 저절로 찌른 이야기며, 주문받은 보검을 삼사 년 만에 겨우 만들던 검공이 주문자가 엿보자 "천지간의 보검이 막 완성되던 참인데 틀렸다."라며 아무리 독촉해도 다시는 검을 만들지 않았다는 등의 이야기다. 허황하지만 명검을 만드는 검공의 도도한 성격과 검 제작에 대한 경외감을 읽을 수 있다.

청도 검공의 신화는 19세기의 작가 이옥(李鈺, 1760~1815)이 기록한 「신아전(申啞傳)」, 즉 '벙어리 신씨'라는 제목의 멋진 산문에도 등장한다. 신씨는 숯을 갈아 검을 만든다 하여 호를 탄재(炭齋)라고 하고 이름을 아예 쓰지 않았다. 탄재가 만든 칼은 날카롭고 가벼워서 일본도보다 나은 면이 있었다. 그는 고집이 몹시 센 결벽주의자였다. 남들은 좋은 쇠를 고르기에 힘을 쏟았지만 탄재는 오직 값만을 물었다. 값이 비싼 쇠가 상등품이라는 것이 이유였다. 탄재는 성격이 몹시 사나워서 뜻에 거슬리는 자가 있으면 칼과 망치를 들고 대들었다. 언젠가 경상감사가 그에게 검을 만들라는 명을 내렸는데 명을 전한 사자를 앞에 두고 자기 상투를 싹둑 잘라 거절한 일도 있다. 자기 뜻에 맞지 않으면 그 누가 시켜도 검을 만들지 않았다. 도도한 장인

정신을 지킨 검공의 결기였다.

그는 말도 못하고 듣지도 못하는 장애인이었다. 검공과 장애인 모두 그 시대에는 천시되었으나 그 두 가지를 겸하고도 그는 당당했다. 황윤석과 이옥이 묘사한 청도의 두 검공은 공교롭게도 장애인이었다. 한 사람은 청도 보검의 창시자요, 또 한 사람은 당대 최고의 명장(名匠)이었다. 우연의 일치일까? 사정이 어쨌든 장애는 명장이 되는 데 방해가 되지 않았다.

그리스 신화에는 대장간과 불의 신 헤파이스토스가 등장한다. 몸집이 크고 힘이 세며 손재주가 뛰어난 그는 인공두뇌를 가진 로봇을 만들어 조수로 삼아서 신들을 위한 무기와 보물을 만들었다. 다리를 절어 깜박이는 불꽃처럼 위태롭게 걸어 다녔지만, 그는 올림포스의 모든 신들이 좋아하는 기술자이자 예술가였다. 장애인이 다 뛰어난 대장장이라는 법은 있을 수 없다. 하지만 저 두 사람의 청도 검공이 당시 사람들에게 사랑받고 글 속에서 빛나는 것은 장애를 딛고 이룬 성공과 무관하지 않을 것이다.

친구의 인연

박지원의 교우론

누군가와 인생의 어느 시간을 보내는 인연은 보통 인연이 아니다. 깊은 관계라면 가족간의 혈연도 있고, 부부간의 인연도 있다. 그렇다면 친구 사이에는 어떠한 인연이 있어 무료한 인생을 동반하는 것일까? 마음을 터놓을 수 있는 친한 벗과의 인연이라면 더욱이 그렇다. 옛사람은 벗을 중시하였고, 그 인연을 매우 소중히 여겼다.

정조 때의 문호 연암(燕巖) 박지원(朴趾源, 1737~1805)은 친구에게 보낸 편지에서 벗과의 인연을 이렇게까지 말한 일이 있다.

공교롭고도 오묘하지요. 이다지도 인연이 딱 들어맞다니! 누가 그런 기회를 만들었을까요? 그대가 나보다 먼저 나지 않고, 내가 그대보다 뒤에 나지 않아서 한 세상에 같이 태어났고, 그대가 얼굴에 칼자국 내는 흉노족이 아니요 내가 이마에 문신하는 남만(南蠻) 사람이 아니라서 한 나라에 같이 태어났으며, 그대가 남쪽에 살지 않고 내가 북쪽에 살지 않아 한 마을에 같이 살고, 그대가 무인이 아니요 내가 농사꾼이 아니라서 함께 선비가 되었으니, 이야말로 크나큰 인연이요 크나큰 만남입니다. 그렇기는 하지만 주고받는 대화가 구차하게 같거나 행하는 일이 구차하게 맞아떨어진다면, 차라리 천년 전 옛사람과 벗하고, 백 세대 뒤의 사람을 미혹시키지 않는 것이 나을 것입니다.

경보(敬甫)란 사람에게 보낸 답장 편지의 전문이다. 그가 벗의 의미에 대해서 물었나 보다. 두 사람이 친구가 된 것은 참으로 보통의 인연이 아니고 보통의 만남이 아니다. 수천 년 흘러온 세월 속에서 지구의 수십 억 인간 가운데 하필이면 그 사람을 벗으로 만나 사귀다니! 그야말로 우주상에 일어난 기묘한 인연이 아닐 수 없다고 그는 말한다. 인간으로 태어나 같은 시대, 같은 나라, 같은 마을, 같은 신분의 친구가 될 확률은 거의 제로에 가깝다고 할 수 있다. 편지를 받은 사람은 그와 친구가 되었다는 기막힌 인연에 감동하지 않을 수 없었으리라.

당시 선비들은 친구와의 사귐에 대해 서로 깊이 감사할 줄 알았다. 이덕무 역시 친구와의 기이한 만남을 기록한 『천애지기서(天涯知己書)』에서 이렇게 말하였다.

먼저 나지도 않고 뒤에 나지도 않아

한 세상에 함께 태어났구나!

남쪽 땅에 나지도 않고 북쪽 땅에도 나지 않아

한 마을에 함께 사는구나!

느껍기도 하고 기쁘기도 하다.

천지여! 부모여!

감사합니다. 감사합니다.

不先不後 幷生一世

不南不北 同住一鄕

可感可悅 天地父母 多謝多謝

흉금을 터놓을 수 있는 친구와의 인연을 진정으로 고마워하는 마음이 듬뿍 전해진다. 이 글을 보고 나면 좋은 친구들과 사귈 수 있는 것에 감사해야겠다는 생각이 절로 든다. 친구와의 만남 그 자체만으로도 무한한 감사의 마음을 가지는 것이 옳다.

그런데 연암은 인연에 감사를 표시하는 데 그치지 않았다. 편지의 끝 대목에서 기묘한 인연으로 만난 벗이라 할지라도 그와 더불어 나누는 대화, 함께하는 행동이 구차하다면 차라리 천년 전으로 거슬러 올라가 고인(古人)을 사귀고, 수백 년 뒤의 벗에게서 자신을 확인하겠다고 덧붙였다. 고독하게 책 속에서 벗을 찾는 것이 낫다는 말이다. 왜일까? 진정한 친구란 그저 만나서 무료한 시간을 때우는 사람이 아니기 때문이다. 진정한 친구라면 함께하는 시간에 나누는 대화가 천박하지 않아야 할 것이며, 함께하는 행동이 더럽지 않아야 할 것이다. 의기투합했다고 해서 모두 좋은 친구는 아니다. 무엇을 하느냐가 중요하다.

주변에는 친구와 가족, 부부 사이에 서로 만난 것을 원수로 알아 등을 돌리고 헤어져 제 살던 곳을 뜨는 일들이 적지 않다. 현대 사회를 살다 보면 그럴 수밖에 없을 때가 많으리라. 그러나 사소한 만남도 기묘한 인연의 소산이다. 내게 친구가 있으니 천지여, 부모여, 감사, 감사하다고 머리를 꾸벅거리는 선인(先人)의 마음을 가져 볼 일이다.

사람의 등급

청렴한 선비 김창흡

　　삼연(三淵) 김창흡(金昌翕, 1653~1722)은 세인의 존경을 받던 숙종 연간의 지성인이었다. 그는 장동(壯洞) 김씨 명문가 자제로서 영의정의 아들일 뿐만 아니라 개인적 자질 또한 뛰어났다. 그러므로 매미 껍질 줍듯 벼슬을 쉽게 얻을 수 있으련만 한평생 환계(宦界)에 발을 들여놓지 않고 명산대천을 찾아 노닐며 학문에 힘을 쏟았다. 그래서 당파가 달랐던 다산조차 그에게 찬사를 바쳤다.

　　위대하여라, 삼연 선생이여!
　　청사(淸士)라고 하기에 부끄럽지 않구나.
　　어찌 알았으랴, 정승 집안에서
　　이런 선골(仙骨)이 나타날 줄을.

휘파람 불며 부귀도 팽개치고
명산을 두루 유람하다가
마음에 들면 머물러
매인 곳 없이 시원스럽게 살았다.

또 영조 때의 고사(高士) 이인상(李麟祥, 1710~1760)은 산수를 벗하여 살아가는 멋을 아는 이로 김시습(金時習, 1435~1493)과 함께 삼연을 꼽았다.

우리 국토 산하를 두루 탐방한 삼연이 긴 시간 머물던 곳은 설악산이었다. 오세암 부근에 마련한 그의 거처 영시암(永矢菴)에는 많은 학도들이 모여들었다. 깊은 산중에서 학문을 닦는 그에게 경향 각지에서 글을 청탁해 왔고, 그는 수많은 편지와 질문에 답변하며 살았다. 그 와중에서 삼연은 늘 고결하고 진실하게 사는 인생에 대해 고민했다. 고민을 때때로 제자들에게 터놓았고, 그 편린이 어록이나 글에 남아 있다.

오늘날 세상사를 보니, 위로는 조정으로부터 아래로는 사대부와 천한 백성까지 허위를 숭상하지 않는 자가 없다. 사람들의 일상생활에서 허위가 아닌 것이 없다. 오직 봄날 들판에서 소를 끌고 힘들여 밭 가는 사람만이 마음에 좀 든다.

이렇게 말한 대목을 볼 때에는 삼연이 당시 세태를 절망적으로 보았고, 어떻게 살아야 하는가라는 문제를 두고 심각하게 번민하였음을 느낄 수 있다. 농사짓는 농부만이 마음에 든다고 한 말에서 진실됨을 좌우명으로 삼은 그의 속내를 드러내고 있다. 이 말은 자신이 속한 학자와 사대부들의 위선적 삶을 질타하는 일침이 아닐 수 없다.

삼연의 어록에는 사람의 등급(人品)을 여섯 가지로 분류하여 논한 대목이 나온다. 삶의 올바른 길을 제시하기 위한 방편의 하나일 것이다. 제일위(第一位)에는 성인(聖人)을 두고 차례로 대현(大賢), 군자(君子), 선인(善人), 속인(俗人), 소인(小人)을 배열하였다. 그리고 인간의 등급을 매겼다.

> 미워할 자는 소인이요, 고민스러운 자는 속인이요, 사랑스러운 자는 선인이요, 존경할 자는 군자요, 두려운 자는 대현이요, 미칠 수 없는 자는 성인이라.

이런 차별화는 결국 지도층 인물의 부패를 겨냥한 것이었다. 그는 사회의 지도층인 선비들이 도대체 무엇을 지향하면서 사는지 모르겠고, 그들의 가슴에는 실제로는 다섯 가지 종자가 자라고 있다고 하였다. 첫째는 이익을 탐하는 마음(利心)으로 허위에 빠져 벼슬이나 하려는 사람, 둘째는 명예를 탐하는 마음(名心)으로 허장성세로 남의 우두머리가 되려는 사람, 셋째는 남을 이기려는 마음(勝心)으로 남을 무시하고 저만 잘났다고 하는 사람, 넷째는 잔꾀를 부리는 마음(怜悧)으로 막힘 없이 분석하는 능력만을 가진 사람, 다섯째는 고요함을 좋아하는 마음(恬雅)으로 욕심 없이 책이나 즐기는 사람이다.

다섯 가지 마음의 싹은 비유하자면 각각 도깨비, 꼭두각시, 바람벽을 기어가는 달팽이, 앵무새, 좀벌레로 결코 대인의 마음 씀씀이가 아니라고 하였다. 이것 역시 당시 선비들의 행태에 대한 호된 비판의 하나이다. 삼연의 독설을 우리 시대의 상류층에게 들이대면 어떨까? 편편탁세(翩翩濁世, 혼탁한 세상에서 얽매이지 않고 살아감)의 삼연이 한 말은 두고두고 반추할 가치가 있다.

살아 있는
모든 것은
다 행복하라 ·

부처의 삶과 가르침

거리 곳곳에 연등이 걸려 있다. 아기 부처가 이 땅에 온 날이 가까워 온다. 초여름 길목이라 눈을 돌려 보면 어디나 눈부신 풍광이 펼쳐진다. 결함의 세계와 고(苦)의 인생에 기뻐하고 좌절하기에 아름다운 풍광은 더 돋보인다. 부처는 제자 아난에게 이렇게 말했다고 한다.

"늙고 죽고 슬퍼하고 고통에 시달리고 절망에 빠지는 존재인 인간은 아름다운 것과 친교를 맺음으로써 해방될 수 있다."

아름다운 것과의 친교가 고귀한 생활의 일부가 아니라 전부라고 말한, '미(美)의 애호가' 부처의 말대로, 일시적인 이 아름다움을 만끽하는 것 자체도 부처의 탄생을 기뻐하는 하나의 길일 것이다.

초파일을 앞두고서 부처의 삶과 가르침을 담은 두 권의 책

『인도로 간 붓다』와『숫타니파타』를 읽으면서 떠오른 생각이다. 앞의 책은 20세기 현대에 쓰였고, 뒤의 책은 초기 불경이다. 2000년 세월을 격한 책들이 우연히도 부처의 본래 주장에 바짝 접근하도록 이끈다. 도덕률이나 종교적 의무, 경건한 태도를 강요하지 않는 것도 두 책의 공통점이다.

『인도로 간 붓다』의 저자 암베드카르(1891~1956)는 내세·구원·금욕보다 현세·구도·탐욕의 절제를 부처가 가르쳤다고 말했다. 그러면서 그는 현세에서 올바른 생활을 영위하여 열반, 즉 니르바나에 도달하기를 추구하는 삶을 희구하였다. 그는 인도의 최하층 계급인 불가촉천민(不可觸賤民) 출신으로 초대 법무장관직에까지 오른 사회 개혁가로서 1956년 불가촉천민 수십만을 이끌고 불교로 개종하였다. 사회의 불평등에 희생된 천대받는 자들이 부처의 가르침을 통해 올바른 깨달음을 얻어 올바른 생활을 영위하는 것을 보여 줌으로써 인류의 평등이 실현되기를 희망한 사람이다. 건강하고 올바르며 단순하고 소박하게 살아가는 인생의 가치를 중요시한 이유도 거기에 있다.

부처는『법구경(法句經)』에서 말한 바 있다.

　건강보다 더 큰 은혜는 없으며, 만족할 줄 아는 마음보다 더 귀중한 것은 없다.

여기서의 만족은 제 처지에 대한 순응이 아니라 탐욕의 노예가 되지 말라는 것이다. 부처는 그처럼 나태한 생활을 혐오하고 무기력함을 경멸하며 언제나 자신의 일에 근면하게 전심전력하며, 결코 부자를 미워하고 빈곤을 옹호하지 않았다고 암베드카르는 보았다. 그런데 『숫타니파타』를 읽다 보니 부처가 말한 아름다운 인생의 모습을 곳곳에서 만나게 된다.

만족할 줄 알고, 많은 것을 구하지 않고, 잡일을 줄이고 생활을 간소하게 하며, 모든 감각이 안정되고 지혜로워 마음이 흐트러지지 않으며, 남의 집에 가서도 욕심을 내지 않는다.

현명한 사람들로부터 비난을 살 만한 비열한 행동을 결코 해서는 안 된다. 살아 있는 모든 것은 다 행복하라. 평안하라. 안락하라.

그처럼 살아 있는 모든 것이 다 행복한 사회와 인간이 실현되기를 간절히 희구해 본다.

죽음의 준비

이학규의 마지막 순간

한 노인이 죽은 뒤에 염라대왕 앞으로 끌려갔다. 저승으로 데려간다는 사실을 왜 미리 전갈해 주지 않았느냐고 불평을 늘어놓는 노인에게 염라대왕은 이렇게 대꾸했다.

"나는 자주 소식을 전했다. 네 눈이 점차 어두워진 것이 첫 번째 소식이요, 네 귀가 차츰 먹어 간 것이 두 번째 소식이며, 네 이가 하나둘 빠진 것이 세 번째 소식이다. 게다가 네 사지가 하루하루 노쇠해졌으니 소식을 얼마나 많이 전한 것이냐!"

그때 함께 끌려간 소년 하나가 몹시 억울하다는 듯이 염라대왕을 향해 원망을 토로했다.

"저는 눈도 밝고 귀도 잘 들리고 이도 튼튼하여 몸이 건강합니다. 어째서 제게는 소식을 미리 전해 주지 않았습니까?"

염라대왕은 또 이렇게 대꾸했다.

"그러냐? 너에게도 소식을 전했으나 네가 알아차리지 못했을 뿐이야. 동쪽 이웃의 서른다섯 먹은 자가 죽고, 서쪽 이웃의 스물아홉 먹은 자가 죽지 않았더냐? 더구나 열 살도 되지 않은 아이와 어린애, 젖먹이도 죽은 일이 없더냐? 그것이 바로 네게 전한 소식이다."

인생을 즐겁게 살기 위해 가져야 할 마음가짐을 적어 놓은 『최락편(最樂編)』이란 책에 실려 있는 이야기다. 즐거운 인생을 누리기 위해서 이 책에서는 '죽음의 준비'라는 대목을 끝부분에 마련해 두었는데 그 가운데 한 토막이다. 네 자신의 몸과 네 이웃의 삶에서 네 인생의 종말도 넉넉히 확인할 수 있으니 인생을 유쾌하게 마치는 마지막 과정을 미리 준비하라는 권유이리라. 그럴듯하여 머리가 끄덕여진다.

그런 문제로 심각하게 고민해 본 적이 없는 나로서는 이는 고령의 노인에게나 해당할 일이지 젊은이가 감당할 일은 아니라는 생각이 든다. 저 억울해하는 소년은 염라대왕의 소명을 결코 받아들이지 않았으리라. 비명횡사하는 일이 적지 않지마는 젊은 사람에게 죽음은 미리 준비해야 할 일은 아니지 않은가?

최근 젊은 사람들의 자살이 급증하여 사회 문제로 비화하고 있다. 얼마 전 한 유명 여배우가 스스로 목숨을 끊는 사건이 일어나 우리 사회의 청장년층 자살 문제의 심각성을 일깨웠다. 지인 가운데도 그런 사람이 있어 놀라고 답답해한 적이 있다. 그들이야말로 '죽음의 준비'에 번민하였을 것이므로 저 소년과는 달리 오히려 괴로운 인생을 서둘러 접어 주지 않았다는 것을 항변할 것만 같다. 그렇다면 그들의 항변과 설명은 『최고편(最苦編)』에서나 찾아볼 수 있을 것이다.

이런 일들이 이학규(李學逵, 1770~1835)란 19세기 초의 시인을 떠올리게 한다. 그는 그야말로 불행한 사람이었다. 신유박해로 일가친척이 처형되고 무려 24년간이나 김해에서 유배살이를 하는 동안 고향에서는 자식과 부인이 죽었다. 그는 인생의 모든 것을 잃었다. 그도 때로 인생을 포기하고 싶은 유혹을 느꼈지만 견뎌 냈다. 그 번민과 근심의 순간이 「비해(譬解)」란 글에 엿보인다.

번민이 찾아들 때에는 순장(殉葬)을 당하는 사람을 떠올린다. 땅굴 속으로 들어가며 머리를 쳐들어 위쪽을 보니 칠흑같이 새까만 동굴 끝에 등불은 가물가물 꺼지기를 기다린다. 그 찰나 다시 벼락에 맞아 죽을지언정 그저 다시 인간 세상의 이러저런 소리를 한 번만이라도 듣는다면 가슴이 시원하리라.

근심스러울 때에는 임종을 앞둔 사람을 떠올려 본다. 혀는 꼬부라지고 숨은 헐떡이는데 아직도 눈은 빛을 잃지 않았고 감정은 뿌리가 끊어지지 않았다. 곁을 보니, 늙으신 부모님은 나를 부르는

데 무어라고 대꾸를 해야 하나? 착한 아내는 눈물을 삼키며 흐느
끼는데 무엇을 부탁해야 하나? 자식들을 어떻게 장가보내고 시집
을 보내며, 세간과 전답은 어떻게 처리하라고 해야 하지? 고민하는
사이 저승사자가 도착하였으니 손을 내저으며 모든 것을 포기하는
수밖에 다른 도리가 없다.

그는 순장당하고 임종을 앞에 둔 사람들의 마지막 순간을
떠올리며 고통을 견뎌 냈다. 아마도 그는 그토록 절박한 순간
까지 갔다가 다시 돌아왔으리라. 번민과 근심을 이기려는 안간
힘이 눈물겹다. 그에 비한다면 고통스러운 세상이라 하여 서둘
러 끝을 맺는 사람은 저 자신에게 너무 몰인정하다.

내가 그린
내 모습

꽃병 속의
인생철학

원굉도의 취미 예찬

　집 근처에는 꽃집들이 줄지어 있다. 졸업과 입학이 연이은 철이라서 꽃집마다 온갖 꽃들이 호사스러운 자태를 뽐낸다. 꽃을 사서 집에 꽂아 놓았더니 분위기가 산뜻해진다. 특별히 꽃을 좋아하는 것은 아니지만 산뜻하고 유쾌하다. 병에 든 몇 송이 꽃이 꽤 운치를 자아낸다.

　그러자니 꽃병 속의 꽃을 감상한, 원굉도(袁宏道, 1568~1610)가 쓴 『병사(瓶史)』가 떠올라 책을 집어 들었다. 화병에 꽂은 꽃의 역사라고 풀이되는 저작이다. 우리나라에 번역 출간된 원굉도의 문집 『원중랑집(袁中郞集)』에 이 저작이 들어 있다. 아주 오래전부터 일본의 원예에 큰 영향을 미쳐 이른바 원굉도류의 꽃꽂이 미학을 형성시킨 바로 그 글이다. 그렇게 보면, 실용서 또는 미학 저작이지만 도회지 사람의 우아한 취미 생활을 묘사한 생활 문학이 본래의 모습이다.

소품문(小品文) 창작을 선도한 중국 명나라의 대표적 문인 원굉도가 조선 문단에 끼친 영향은 막대하다. 조선에서 왜적을 몰아낸 직후인 1599년, 32세의 그는 북경에서 말단 관리를 지내고 있었다. 도회지 먼지가 하늘에 뻗쳐 대낮에도 어둑어둑한 북경에서 세를 얻어 지내자니 객지의 적막감이 몰려왔다. 문을 닫고 앉으면 고향이 떠올라, 잔물결이라는 의미를 지닌 문의당(文漪堂)이라는 당호를 문 위에 걸어 두고 수국(水國)의 고향 풍경을 그리워했다.

그는 꽃이 친구와 같다고 생각했다. 하지만 관직 생활을 하는 데다 이사를 자주하여 꽃을 기를 틈을 내지 못하고, 꽃을 꺾어 병에 꽂고 보는 수밖에 없었다. 아예 서재 이름도 병화재(瓶花齋)라고 불렀다. 북경 인가의 아름다운 꽃이 모두 자기 책상 위의 물건인 양 자랑하며 그 즐거움을 가난한 호사가와 공유하려고 글로 엮었다. 꽃의 품목, 품질, 꽃병, 물, 구도, 탁자, 금기, 목욕, 심부름꾼, 호사가, 감상법, 경계 사항 등 열두 조목으로 요모조모 감상법을 제시하였다. 멋스럽고 깔끔한 생활인의 인생철학이 병에 꽂힌 꽃을 두고 펼쳐진다.

병에 꽂는 꽃은 너무 풍성해도 너무 빈약해도 안 된다. 종수는 많아야 두셋이면 충분하다.

꽃 아래에서 향을 피워서는 안 된다. 차를 마실 때 과실을 놓아서는 안 되는 것과 같다. 차에는 참맛이 있어 단맛 쓴맛이 아니듯 꽃에는 참된 향기가 있어 향 연기가 아니다.

차를 마시며 보는 것이 최상이고, 대화를 나누며 보는 것이 그 다음이며, 술을 마시며 보는 것이 최하이다.

먼지 덮인 꽃을 목욕시키기도 하고, 꽃의 입장이 되어 마음에 들거나 모욕감을 느끼는 상황을 추체험하기도 했다.

그는 꽃을 좋아하는 변을 이렇게 댔다.

내가 보기에, 내뱉는 말이 무미건조하고 면목이 가증스러운 세상 사람은 모두가 벽(癖)이 없는 사람들이다. 만약 진정으로 벽이 있다면 그 속에 푹 빠져 즐기느라 성명과 생사도 모조리 좋아하는 것에 맡길 터, 수전노나 관리 노릇에 관심이 미칠 겨를이 있을까 보냐?

극단적인 취미 예찬론이다. 그러나 그의 말은 세상사 힘겨운 속박과 가증스러운 속물의 몰취미함을 통쾌하게 부숴 버린다.

이해 원굉도는 꽃샘추위가 기승을 부리고 황사가 뒤덮은 북경의 3월 교외로 나가 노닐고 난 뒤 이렇게 썼다.

모래톱에서 햇빛 쬐는 새며 뻐끔대는 물고기는 제 생긴 대로 즐긴다. 길짐승, 날짐승, 물고기 모두가 즐거워하는 기색이다. 그제야 알았다. 성 밖 근교의 들녘에는 봄이 찾아오지 않은 데가 없지마는 성안에 사는 사람만이 몰랐음을.

그처럼 지금도 도시 밖에는 봄이 훌쩍 와 있는지 모른다.

좀도둑과 선비

남종현의 도둑맞은 내력

정진규 시인의 시집 『도둑이 다녀가셨다』에 실린 「순금」은 금붙이를 도둑맞고는 '손님이 다녀가셨다.'라고 경어를 쓰며 액땜으로 돌리는 체험을 묘사한 작품이다. 정신적 충격을 만회하는 데에는 차라리 그 편이 놀라운 비방(祕方)이 될 법하다. 한 번이라도 도둑을 맞아 본 사람이라면 그런 심리를 잘 안다.

문학에는 도둑을 영웅시하는 오랜 전통이 있다. 홍길동, 임꺽정, 장길산, 일지매라는 캐릭터만 봐도 알 수 있다. 도둑이 의적(義賊)으로 숭배되는 문학의 전통과 심리에는 법적, 경제적 정의가 제대로 실현되지 않는 사회를 향한 반감이 숨겨져 있다. 그렇다 보니 대개 문학 작품에는 도둑이 그 본연의 모습으로 등장하지 않고 영웅이나 손님의 모습으로 등장한다.

200년 전 순조 연간에 남종현(南鍾鉉, 1783~1840)이란 그다지 이름이 높지 않은 작가는 도둑 숭배의 전통을 벗어나 도둑이 활개 치는 서울의 실상을 묘사하였다. 그는 서대문 사거리 부근의 송월동 성벽 아래 낡은 주택가에 살았다. 지금은 집들에 가려 잘 보이지 않는 성벽 밑으로 옛날에는 가난한 집 수십 호가 다닥다닥 붙어 있었다. 남종현은 그야말로 빈한한 서당 훈장으로 내리 4대째 이 동네를 지킨 토박이였다.

하지만 그는 자기 동네에서 영위한 훈장 생활을 도저히 밝게 그릴 수 없었다. 좀도둑 때문이었다. 1794년에서 1832년까지 38년간 스무 번 이상 도둑을 맞았다. 집안이 기울 정도의 큰 도둑을 맞은 사연만으로 「도둑맞은 내력〔敍盜〕」이란 기발한 산문을 썼다. 한 대목은 이렇게 되어 있다.

이해 도둑이 앞마당에 들어와 무명 열댓 근과 빨래해 햇볕에 말리려고 걸어 둔 옷 여덟아홉 벌을 가져갔다. 그해 겨울, 추위에 떠느라 죽을 뻔했다. 을묘년(1795) 도둑이 사랑채에 들어와 요강과 책 몇 권을 훔쳐 달아났다. 병진년(1796)에 도둑이 부엌에 들어와 솥 두 개를 파서 훔쳐 갔다. 그중 하나는 주인이 따로 있었다. 주인이 원래보다 높은 가격을 달라고 요구하므로 가진 돈을 모두 털어서 갚았지만 그래도 솥 주인은 마땅치 않게 여겼다. (중략) 경오년(1810) 도둑이 부엌에 들어와 솥 두 개를 파 갔는데 뒤를 밟아 보니 이웃 사람이었다. 을해년(1815) 도둑이 사랑채에 들어와

서적 네 권과 송곳칼과 가죽 신발 따위를 훔쳐 갔다. 신사년(1821) 도둑이 안채 동쪽 방에 들어와 식기, 그릇, 옷가지를 훔쳐 달아났다. 이해에 도둑이 아랫방에 들어와 흰 천을 뜯어 갔다. 임오년(1822)에는 도둑이 사랑채에 들어 서적 열두 권을 훔쳐 갔는데, 태반이 남에게 빌린 것이었다.

'치졸하고도 야박한' 좀도둑이 가난한 서생의 세간을 야금야금 들어낸다. 옷, 서책, 요강, 솥, 톱, 송곳, 문고리 등등 세간살이 일체가 골고루 포함되어 있다. 훔쳐 간 물건들을 보면 웃음이 나오지만 당시에는 의식주를 해결하는 데 정말 긴요한 것들이었다. 도둑들은 일지매와 같은 멋있는 의적이 아니라 이웃에 사는 도회지 빈민들로, 서당 훈장으로 생계를 근근이 꾸려 가는 남종현도 이들과 다를 바 없는 처지였다. 더구나 그는 도둑만 당하는 데 그치지 않고 집을 팔고서 집값을 떼이고, 알지도 못하는 사람에게 돈을 뜯기는 사기까지 당한다. 모든 것을 자기 탓으로 돌리면서도 남종현은 4대가 한결같이 죽만 먹고 몸을 가릴 옷조차 없는 가난한 자기 집이 날이 갈수록 쇠락하는 이유로 좀도둑의 극성을 꼽았다. 그에게 도둑을 영웅시하거나 손님이 다녀가셨다고 할 여유가 있을 수 없었다. 19세기 초엽의 절박한 도회지 딸깍발이 선비에게 그런 여유는 사치인 셈이다. 그는 글의 마지막을 다음 문장으로 끝맺었다.

"임진년(1832)에 도둑이 들어와 바깥문에 달린 쇠로 만든 문고리를 떼어 갔다."

내가 그린
내 모습

심노숭의 글로 쓴 초상화

현대인은 사진이나 비디오를 찍어 자신의 모습이 어떠한지를 시시각각 확인한다. 확인에 그치지 않고 수십 년 혹은 수백 년까지도 그 모습을 보관하고 전할 수 있다. 현대적 재현 도구는 모습만이 아니라 언제 어디서 어떤 일이 있었는지를 생생하게 기록해 준다. 나를 표현하고 기록하려는 욕구를 개개인이 모두 어렵지 않게 수행한다.

이기(利器)가 없던 옛날에는 그러한 욕구를 어떻게 채웠을까? 심노숭(沈魯崇, 1762~1837)이란 정조, 순조 연간의 문인이 있다. 자신의 시시콜콜한 신변잡사를 충실하게 묘사하였고, 그 시대 많은 인물을 기록에 등장시켜 수십 책의 문집을 남긴 발군의 작가다. 그는 젊을 적부터 사진(寫眞)하기를 즐겼다. 그 시절에 사진이란 초상화를 그리는 것을 의미했다. 화가를 만나기만

하면 그는 그림을 부탁하여 몇몇 화가로부터 수십여 폭의 각기 다른 초상화를 얻었다. 하지만 끝내 자신의 모습을 흡사하게 그린 그림을 얻지 못해 낙심한 그는 어느 사이 지쳐서 초상화 얻는 일을 폐하고 말았다. "터럭 하나라도 흡사하지 않으면 그 사람이 아닌데." 초상화는 시시각각 변하는 자신을 제대로 묘사하지 못했기 때문이다.

그렇다고 자신의 진면을 확인하고 표현하려는 욕구를 포기한 것은 아니다. 그림을 대신하여 그는 자신의 모습을 글로 기록하려 했다. 자신의 모습과 자기가 보고 들은 것을 직접 글로 남긴다면 오히려 초상화보다도 더 자신을 정확하게 드러낼 수 있으리라 생각했다. 공교롭게 전라도 부안에 귀양까지 가게 되었으니 시간도 넉넉했다. 스스로 쓴 실제 사실의 기록이라는 이름의 『자저실기(自著實記)』는 그렇게 해서 만들어졌다.

심노숭은 자신을 조목조목 그렸다. 얼굴을 요모조모 뜯어 묘사하고서 요절할 관상을 가졌다고 해서 혼사를 맺으려던 집 안에서 퇴자를 놓았다는 일화를 썼고, 평생 풀리지 않은 인생살이를 얼굴 탓으로 돌리기도 했다. 또 자신의 성질을 숨김없이 밝혔다. 세수와 목욕을 심하게 자주 하고 머리를 너무 자주 빗는 버릇과, 서책을 비롯해 일체의 집기를 먼지 하나 없이 깔끔하게 정리해야 직성이 풀리는 지나친 결벽증으로 인해 어머니로부터 여자 같다는 걱정을 들은 사실을 고백했다. 또 정욕을 억제하지 못하는 정병(情病)을 고백하기도 했다. 열대여섯 살부터 서른대여섯 살에 이르기까지 광적일 정도로 성에 집착하여 패가망신할 지경이 되었고, 무뢰배와 어울리고 담을 넘는 행위까지 하여 남들의 손가락질을 받았으며, 이후 반성도 했지만 고칠 수 없었다고 털어놓았다. 예의 선비가 그처럼 노골적으로 고백하기란 쉽지 않은 일이다.

정취(情趣)가 엿보이는 고백도 없지 않다. 병적일 정도로 과일을 좋아해서 익지 않은 과일이라도 몇 되씩 먹었는데, 익으면 그 두 배를 먹었다. 대추, 밤, 배, 감을 좋아했고, 그중에서도 감을 가장 즐겨 50세 이후에도 한 자리에서 칠십여 개를 뚝딱 해치워 시치(柿痴)라고 불린 사실을 기록하였다.

자신을 폭로하는 일을 남에게 맡기지 않은 이유를 그는 이렇게 밝혔다.

"죽은 뒤에 자제들에게 맡겨 놓으면 제 어른의 아름답지 못한 치부를 감출 것이 분명하고, 남에게 맡기면 곡해를 하기 쉽다. 죽기 전에 스스로 속임 없이 진실되게 쓰는 것이 차라리 낫다. 혹여라도 진실이 아닌 사실이 발설되면 농부가 잡초를 뽑아내듯 솎아 내면서 자신의 진면을 드러내고 싶다."

사실 초상화나 사진이 얼굴을 똑같이 그렸다고 해도 생생한 삶을 다 드러내지 못한다. 그 빈 여백을 문학이 채울 수 있다. 가식과 점잔 빼기의 의식이 생생한 재현을 방해하지 않는다면 말이다. 심노숭의 글을 읽으면 200년 전 이 땅에 살았던 한 인간의 모습이 낡고 빛바랜 사진보다 선명하게 떠오른다.

책 둥지

육유의 공부방

　책을 읽던 중 우연히 일석서소(一石書巢)란 장서인을 보게 되었다. 일석이란 호를 쓴 작고하신 국어학자 이희승 선생의 도장임이 분명하다. 장서인을 보노라니 선생의 작은 체구와 단아한 풍모에 일석서소란 서재 이름이 딱 어울린다. 서재를 서소라 쓴 것이 특히 그렇다. '서소'는 말 그대로 책 둥지다. 둥지에 들어앉은 새처럼 작은 방에 웅크리고 앉아 책을 읽는 기분이 절로 들게 만드는, 그 포근하고 호젓한 느낌이 좋다.

　흔히 공부방을 서재(書齋), 서실(書室), 서옥(書屋), 서루(書樓), 서방(書房)이라 부른다. 그 이름의 뉘앙스가 각기 다르기는 하지만 하나같이 책이 있는 방을 가리킨다. 옛날에는 규모가 큰 방이 많지 않았지만 책 둥지라는 말은 유달리 작고 아늑한 느낌을 준다.

이 서소라는 말은 송대의 유명한 시인 육유(陸游, 1125~1210)가 처음 쓴 것이다. 늙도록 책을 좋아한 그는 책이 어지럽게 뒹구는 공부방에 기거하면서 그 방에 서소라는 이름을 붙여 주었다. 그랬더니 하필이면 공부방을 새를 연상시키게 둥지라고 하느냐고 친구가 핀잔을 했다. 그 친구에게 육유는 이렇게 대꾸했다.

　"내 방 안에는 책이 궤짝에도 들어 있고, 앞에도 흩어져 있고, 침상에도 널려 있네. 상하 사방 어디를 둘러봐도 책 아닌 게 없지. 나는 먹고 마시고 돌아다닐 때, 병에 걸려 끙끙 앓을 때, 슬프고 시름에 차 있을 때, 분하고 통탄스러울 때 그 언제고 책과 함께 있지 않은 적이 없다네. 손님은 오지 않고, 처자식도 기웃거리지 않고, 비바람이 치는지 우박이 내리는지 모를 때도 있네. 어쩌다 나가 볼까 염을 내면 어지럽게 널려 있는 책들이 쌓아 놓은 마른 장작처럼 포위해서 나가지 못할 때도 있네. 그런 때면 문득 혼자 웃고는 '이야말로 내가 말한 둥지가 아닐까!'라고 자문자답한다네."

　책에 둘러싸여 지내는 육유의 책 둥지 모습이 눈에 보일 듯하다. 책에 치여 움직일 수도 없는 서재이므로 새 둥지처럼 작고 비좁다는 의미로 사용한 것일 거다. 육유는 그 친구와의 대화를 「서소기(書巢記)」란 글로 엮었다. 그러니 서소는 육유의 공부방을 가리키는 고유한 이름이다.

하지만 육유처럼 책에 파묻혀 지내는 삶을 동경하고, 작고 투박한 둥지의 느낌에 이끌려서 조선의 선비들은 자기 공부방을 서소라는 이름으로 표현하기를 좋아했다. 명종 때의 이름난 시인인 소세양(蘇世讓, 1486~1562)은 짧은 시를 지었다.

늙고 게을러 세상과 멀어지니
초가집 문밖으로 지팡이 나가 본 지도 오래다.
만 권의 책 둥지가 좌우를 에워 쌓은
내 생애는 책 파먹는 좀벌레 신세!
衰慵自與世情踈　杖屨何曾出草廬
萬卷巢成圍左右　生涯眞似蠹書魚

소세양도 육유처럼 나이가 들어서도 세상사에 초연한 채 즐겨 책을 읽었다. 그런 생활을 하는 자신을 가리켜 책이나 파먹는 좀벌레가 아니냐고 자조적으로 말했지만, 오히려 작은 둥지 속에서 큰 세계를 만끽하는 몰입의 즐거움을 자랑하는 말로 들린다. 일석 선생도 육유나 소세양과 같은 심경으로 자신의 서재를 서소라고 하지 않았을까? 내 주변에도 저들과 같거나 오히려 저들보다 심한 사람들이 적지 않다.

그러나 책 둥지라는 말이 저들처럼 자기 공부방을 가지고 책에 파묻혀 사는 사람들에게만 어울리는 말은 아닐 것이다. 큰

능호관(凌壺觀) 이인상(李麟祥)이 쓴 서소관란(書巢觀瀾). 서재에서 흘러가는 물결을 바라본다는 뜻으로 서재를 책 둥지라고 표현했다.

서점에 종종 들를 때마다 구석구석에 자리잡고 앉아 책에 정신을 놓은 사람들이 눈에 들어온다. 내 눈에는 여기저기 구석에 틀어박혀 책 읽는 사람들이 둥지를 틀고 들어앉은 새의 모습처럼 보인다. 초등학교에 다니는 내 작은아이도 가끔 책을 읽을 때면 책상이 아닌 책상 아래, 의자 아래, 베란다 한쪽 구석, 소파 뒤쪽의 작은 틈 속에 들어가 쪼그리고 앉아 읽는다. 나와서 읽으라고 성화를 해도 대꾸조차 않는다. 그걸 보니 각기 다른 모습으로 책 둥지를 틀고 있다는 생각이 든다. 나뭇가지 끝에 붙어 있는 새 둥지처럼.

횡재

노극청과 현덕수의 청렴 대결

　몇 해 전 살던 집을 팔고 새 집을 샀다. 미뤄 오던 일을 해치우고 나니 홀가분하기는 하나 당시에는 하루가 멀다 하고 집값이 폭등한다는 뉴스에 마음이 뒤숭숭했다. 집값의 등락에 신경이 여간 쓰이지 않았다. 살 때는 조금이라도 덜 주고 팔 때는 조금이라도 더 받고 싶은 욕심이 있었으나 마음대로 되지 않았다. 문외한이 큰 손해나 안 보면 다행이다 싶은 생각을 하고 있자니 자연히 시쳇말로 생뚱맞게 집을 사고 판 사람의 일이 떠오른다.

　고려 명종 때 노극청(盧克淸)이란 사람이 있었다. 그는 살림이 빈한하여 집을 팔려고 내놓았으나 팔리지가 않았다. 마침 일이 생겨 출타했을 때, 그의 아내가 현덕수(玄德秀)란 사람에게 백은(白銀) 열두 근을 받고 집을 팔았다. 서울로 돌아온 노극청이 제 생각보다 집값을 더 받은 것을 알고 백은 세 근을 가지고 현덕수를 찾아가 말했다.

"전에 내가 이 집을 살 때 아홉 근밖에 주지 않았고, 몇 해 동안 살면서 수리한 것이 없으니 이익을 세 근이나 내는 것은 경우가 아닙니다. 돌려주겠소."

현덕수 또한 의로운 사람이라 이렇게 말하며 끝내 은을 받지 않았다.

"댁 혼자만 경우를 지키고 나는 못하게 하는 거요?"

그러자 노극청이 되받아쳤다.

"내가 한평생 그른 일을 하지 않았는데, 싸게 사서 비싸게 팔아 재물을 탐내는 짓을 어찌 할 수 있겠소? 댁이 내 말을 듣지 않는다면 집값을 다 돌려드릴 테니, 내게 집을 돌려주시오."

할 수 없이 은 세 근을 받은 현덕수는 그것을 절에 바치며 말했다.

"내가 노극청만 못한 사람이 될까 보냐?"

고려 500년의 문학을 대표하는 작가 이규보(李奎報, 1168~1241)가 지어 전하는 노극청의 사연이다. 기대한 것보다 더 받았다면 아내를 칭찬할 법도 하건만 노극청은 오히려 아내를 핀잔하고 주인을 찾아가 더 받은 돈을 돌려주었다. 싸게 사서 비싸게 팔아 재물을 늘리는 행위를 탐욕이라고 생각해서다. 그렇다면 그때는 요순시절이라서 그런 의로운 사람이 있었던 것일까? 그의 엉뚱한 행동이 그 시절이라 하여 흔했을 리 없다. 모두들 "말세의 풍속이라 이익만을 추구하는 시대에도 이런 사람이 있단 말이냐." 하며 탄복했다는 후문이 들리니 말이다.

평범한 사람 노극청의 결코 평범치 않은 이런 행위를 듣고서, 실록을 편찬하던 이규보는 그 사실을 실록에 기록하고 자신의 문집에도 수록했다. 이리하여 『고려사(高麗史)』에는 현덕수라는 사람의 열전에 노극청의 사연이 덧붙여 실렸다.

이윤을 추구하는 정신이 결여된 노극청의 후예로 김재해(金載海)란 사람이 있다. 어떤 과부로부터 집을 사서 수리하던 김재해는 집값의 두 배에 해당하는 백 냥이 담긴 항아리를 발견하는 횡재를 하였다. 그런데 그는 항아리를 아내를 시켜 본디 주인에게 돌려주었다. 그 과부는 뜻밖의 재물에 감사하면서 꼭 제 물건이라 할 수도 없으므로 반씩 나누자고 했다. 하지만 그 아내는 "이 재물이 부인의 소유가 아닐 수도 있다는 것을 모르지는 않지만 나는 남편이 있어 살 만하니 사양하지 마세요."라며 돌려주었다. 조선조 영조 때 있었던 실화이다. 횡재를 가진다 하여 탓할 사람도 없지마는 부부는 깨끗이 포기하였다.

현대에는 이익의 추구가 시대정신의 하나이다. 오늘도 많은 사람들은 침대 위에서, 백 냥이 담긴 항아리가 숨어 있을지도 모를 아파트와 땅을 사고파는 꿈을 꿀 것만 같다.

이슬 맺힌 아욱과
누런 기장밥

황상의 고결한 삶

전라남도 강진에서 전시하는 다산 정약용(丁若鏞, 1762~1836)이 남긴 유물을 관람하고 돌아왔다. 전시된 서첩 가운데 추사 김정희(金正喜, 1786~1856)가 쓴 글씨도 몇 점 포함되어 있었는데, 다산과 그 제자들, 그리고 추사의 글씨를 하나의 첩으로 만든 것이었다. 그 가운데 '노규황량사(露葵黃粱社)'란 다섯 글자로 시작하는 서첩이 눈길을 끌었다. 이 서첩은 한 번에 쓴 것이 아니라 다양한 목적으로 쓴 글씨를 나중에 누군가가 한데 모은 것이다. 그래서 글씨가 서로 달랐다.

'노규황량사' 다섯 글자는 1977년 문화재관리국에서 발간한 『추사유묵도록』에 한 차례 실린 적이 있다. 그러나 많은 사람들에게 잊힌 글씨이며, 여러 글씨와 함께 일반에게 공개된 것도 처음이었다.

76

이 서첩에 실린 글씨가 모두 추사의 진품이라고 단정 지어 말할 수는 없다. '보정산방(寶丁山房)'이란 글씨부터가 그렇다. 현재 다산초당에 걸려 있는 현판이 바로 이 글씨를 새겨 건 것이고, 추사의 글씨로 널리 알려져 있다. 하지만 추사의 글씨로 보기에는 기교가 심하고, 보정이란 이름도 생소하다. 보은산(寶恩山)에 사는 정씨 또는 정씨 성을 가진 사람을 보배로 여긴다는 의미이겠는데, 다산이 이러한 의미로 산방의 이름을 붙였다고 보기가 정말 의문스럽다. 그보다는 다산의 제자가 스승을 사모하는 의미로 붙였다고 보는 것이 옳다. 그 무렵 추사를 비롯한 분들이 소동파(蘇東坡)를 존경한다는 의미로 보소(寶蘇)라는 호를 쓴 유행을 따라서 했을 것이다. 그렇지만 아무래도 어색하다.

이처럼 의문이 드는 글씨가 이 서첩에는 몇 가지 더 있다. 그러나 의심할 여지없이 추사의 글씨로 보이는 것이 '노규황량사' 다섯 글자다. 글자의 뜻을 그대로 보자면, 이슬 맺힌 아욱과 누런 기장밥의 모임이다. 풀어서 이해하면 아침에 아욱을 뜯어 국을 만들어 기장밥과 함께 먹는 사람들의 모임 또는 집이라는 의미다. 이 글씨에는 다산과 그 제자 황상(黃裳, 1788~1870)에 얽힌 흥미로운 일화가 강진 인사들 사이에 전해져 내려온다.

다산이 강진에 도착하여 처음 가르친 제자가 바로 황상이다. 시인으로 이름이 알려진 황상은 강진군 대구면 항동이란 곳에 일속산방(一粟山房)을 짓고 야인처럼 살았다. 좁쌀 한 톨만

추사 김정희가 쓴 '노규황량사' 글씨.

한 작은 집이란 이 산방을 다산과 추사가 방문하여 하룻밤을 묵었다. 지금도 조선 시대를 대표하는 명사인 다산과 추사지만 그때에도 그들의 명성은 대단하였다. 그런 분들을 집으로 맞이하여 황상은 기장으로 지은 밥에 아욱국을 끓여 아침밥으로 내어놓았다. 그러자 다산이 다음과 같은 시구를 지어 주었다.

　　집 앞 남새밭의 이슬 젖은 아욱을 아침에 꺾고
　　동쪽 골짜기의 누런 조를 밤에 찧는다.
　　南園露葵朝折　東谷黃粱夜舂

　옆에 있던 추사는 시구에서 '노규황량' 네 글자를 뽑아서 글씨를 써 주었다.
　전해지는 일화대로라면 추사가 다산을 방문하였고, 두 사람이 함께 황상의 집을 찾아간 것이다. 한 시대의 위대한 두 학자는 서로를 잘 알고 있었고, 특히 추사가 다산을 존경하였기 때문에 그럴 법한 일이다. 설사 전설로 전해지는 이야기에 지나지 않는다 해도 노년의 추사가 황상을 높이 평가하여 시집에 서문을 써 준 일을 통해 볼 때 추사가 이 글씨를 써 준 사실은 의심할 수 없다. 다산의 시와 추사의 글씨에서는 강진 고을의 시인 황상의 고결한 삶에 대한 이들의 따뜻한 사랑이 느껴진다.

설령 그 일화를 무시한다 해도 이 구절은 보는 사람으로 하여금 시적인 아름다움과 깨끗한 선비의 삶을 떠올리게 한다. 산중에서 물욕에 초탈하여 사는 선비의 가난하지만 고결한 삶이 '노규'와 '황량'이란 두 단어에 녹아 있다. 사(社)라는 글자에는 그러한 선비들이 영위하는 삶의 거처라는 의미가 실려 있으므로 황상의 일속산방을 아름답게 표현한 말로 잘 어울린다.

또 노규와 황량은 다산이 애호한 시구의 하나였다. 다산의 맏아들 학연(學淵)이 노규의 뜻을 궁금해하자 다산은 그에게 보낸 한 편지에서 "옛사람이 아욱을 뜯을 때 반드시 이슬이 마른 때를 기다렸으므로 노규(露葵)라 한다."라는 『농정전서(農政全書)』에 실린 말을 인용하여 설명해 주고, 또 반드시 이슬에 젖은 것만을 노규라고 하지는 않으며 시인들이 즐겨 쓰는 말이라고 설명을 덧붙였다. 어찌 되었든 청빈한 삶을 사는 선비를 표현한 품격 높은 글씨를 보는 즐거움을 누릴 수 있다.

강진에서 황상이 살았다고 하는 유적지를 가 보았다. 일속산방은 흔적도 없이 사라졌고, 그 앞에는 저수지가 있었다. 그

일대 어딘가가 다산과 추사, 그리고 황상이 조촐하게 아욱으로
기장밥을 지어 먹으며 담소를 나누던 추억의 장소일 것이다.

병든 자가
지혜롭다

남극관의 죽음을 재촉한 독서

『맹자(孟子)』를 들추다가 한 구절에 눈이 멈추었다.

    덕망과 지혜, 기술과 지식을 갖춘 사람이란 언제나 병든 자 가
운데에 있다. 버림받은 신하와 천대받는 자식만이 마음가짐이 바
르고 환난에 대한 염려가 깊기 때문에 목표에 도달한다.

    人之有德慧術知者 恆存乎疢疾 獨孤臣孼子 其操心也危 其慮患也深
故達

그동안 『맹자』를 수십 번 읽었지만 이 구절은 한 번도 내 마
음에 남지를 않고 그대로 여과되었다. 건강과 복록을 누리는
자가 아닌 병든 자, 버림받은 자가 사회와 삶에 대하여 깊이 이
해할 수 있다고 한 맹자의 말이 새삼 의미를 갖고 다가오는 것

은 왜일까?

나는 맹자의 이 말을 17, 18세기의 교체기를 살다 간 한 장애인 독서광의 사연에 그대로 적용하고 싶다. 남극관(南克寬, 1689~1714), 겨우 스물여섯 해를 산 사람으로 그 이름을 아는 자 드물다. 숙종조의 명재상 남구만(南九萬)의 맏손자라는 점을 말하면 그 위치를 조금 알 수 있을 것이다. 대갓집의 맏손자이므로 온갖 복록을 누렸을 것 같지만 그는 6년 이상 각기병을 앓다 요절하고 말았다. 스물여섯 해를 산 그의 삶을 음미하는 까닭은 이렇다.

그는 독서광이었다. 문밖 출입을 하지 못한 그가 할 수 있는 일은 책을 읽는 것뿐. 그는 당시 책주름(서적 중개상)을 아홉 번이나 바꿔 가면서 수많은 책을 구해 읽었다. 나중에는 기질(奇疾)에다 독서로 인한 안질까지 겹쳤다. 남구만은 아들에게 보낸 편지에서 책을 많이 보아 눈이 상했다고 손자의 안질을 걱정하기도 했다. 남구만은 죽으면서 손자에게 편지를 보내 자기 초상에 참석하지 말라고 유언했다. 병든 손자가 자기 초상에 참석하여 죽음을 재촉할까 봐 염려해서였다. 그만큼 남극관은 죽음으로 가면서도 책을 놓지 못했다.

죽기 바로 1년 전, 제어할 수 없는 광적 독서에 스스로도 지쳤는지 남극관은 여름이 막 가고 가을이 시작되는 첫날 한 가지 시도를 하였다. 눈병과 심장병으로 고통을 받던 그는 한 달

동안 책을 읽지 말자고 다짐하고 날마다 있었던 일을 일기로 쓰기 시작했다. 한 달이라는 시한을 둔 일기, '단거일기(端居日記)'라는 이름의 일기는 이렇게 해서 쓰였다. 솟구치는 착상과 보고 싶은 서책에 대한 열망을 버릴 수 없는 자신을 염려해서였다. 그러나 그는 자신의 광적 독서벽을 확인했을 뿐이었다. 30일을 헤아려 보니 책을 접하지 않아 '무사(無事)'라고 쓴 날은 겨우 5일이요, 나머지는 모두 독서 일기였다. '무사'를 바랐던 그는 일기를 이렇게 맺었다.

"사람이 조바심 내기를 좋아하고 적막함을 참지 못하는 것이 정말 이렇구나. 저 명리(名利)에 날뛰는 자들은 또 어떻게 고치나?"

독서가 죽음을 재촉하여 결국 그는 이듬해 짧은 생애를 마감하였다. 눈여겨볼 것은 그 독서 일기의 내용이다. 젊은 학자의 소견이라고 하기에는 너무도 당돌한 논설이 곳곳에 담겨 있다. 학계와 문단에서 막강한 권력을 휘두르는 자의 주장을 그는 좌충우돌 뒤집어 버렸다. 이이(李珥)도 김창협(金昌協)도 그 표적에서 벗어날 수 없었다. 반면, 누구도 거들떠보지 않는 윤춘년(尹春年)의 학설을 서슴없이 인정하였고, 또 우리 고전에 깊은 관심을 보여 "『파한집(破閑集)』은 문사가 고아하고 깨끗하여 사랑스럽다."라거나 "『고려사』는 서술이 고아하고 질박하며 서사가 소상하여 중국의 송원 시대 역사보다 낫다."라고 하였다. 뿐만 아니라 그는 한글에 관한 분석까지도 시도하고 있다. 당시 독서계의 조류에 휩쓸리지 않은 그의 주장은 다른 학자의 생각 속에서 찾기가 어렵다. 요즘 나이로는 학자 지망생에 불과했을 사람의 주장으로서는 다부지게 자신에 차 있다. 그의 사후 문집이 나왔을 때 비난이 비등한 것은 당연한 일이었다.

그는 자신의 문집을 1책으로 편집하여 『몽예집(夢囈集)』이라 일렀다. 제목도 괴상하다. 몽예란 잠꼬대란 말이니 잠꼬대에 불과한 글이라는 것이다. 또 자신을 미친 자의 우두머리라고 하여 광백(狂伯)이라 규정하고, 「광백찬(狂伯贊)」을 지었다.

동국에 한 사람이 있는데 어려서부터 미친 병을 앓아 낫지를 않고 결국 십 수년 만에 죽었다. 병이 들지 않았을 때부터 그는 다른 기호는 없고 그저 책만을 좋아하였다. 병이 오래되어 하늘과 땅, 해와 달을 물어도 아는 척을 않던 그가 책을 가져다가 눈앞에 바짝 대자 어느새 눈을 번쩍 뜨고서 시원스럽게 빠져들며, 망연자실하여 모든 것을 잊게 되었다. 마치 황하가 터지고 장강이 삼협을 빠져나온 듯, 겨우내 얼었던 얼음이 봄이 되어 녹듯, 연못에 헤엄치는 피라미가 어디로 가는지를 모르는 듯했다.

자기가 한유(韓愈)나 두보(杜甫)보다 더한 미치광이로 독서광이란 의미였다. 그런 것을 보면, 그는 세상과 운명에 맞서 대결하고자 한 것이 아닐까? 그는 다가오는 죽음을 예상하고 자신의 병과 삶을 반추하며 당대의 누구보다 고귀한 지식을 남겨놓았다. 양이 중요한 것이 아니다. 그는 겨우 한 권의 책에서 시대의 흐름과도 다르고, 어떤 깨어 있는 자의 말보다 가치가 있는 목소리를 냈다.

맹자가 한 말이 남극관에게서 살아 있다.

생의 의미를
간직한 이름

옛 선비들의 개명 문화

법이 개정되어 성과 이름을 바꾸는 것이 훨씬 쉬워졌다. 개명(改名)의 동기야 사람마다 제각각이겠지만 이름이 주는 혐오감이 주종을 이루는 듯하다. 옛날에는 개명하는 사정이 그렇지 않았다.

『삼국유사(三國遺事)』의 저자 일연(一然, 1206~1289)은 시를 잘 짓는 승려로 일찍부터 명성이 높았다. 그러나 그가 살았던 시대에는 일연이란 이름은 알려지지 않았다. 그는 일연이 아니라 견명(見明)으로 통했다. 일연은 만년에야 사용한 호인데 사후에는 일연으로만 불리게 되었다.

일연처럼 나이가 든 뒤에 개명하는 일이 고려 시대에는 비일비재하였다. 유명한 문인 가운데 개명한 이를 보면, 『파한집』의 저자 이인로(李仁老, 1152~1220)는 본명이 득옥(得玉)이었고, 이규보는 본명이 인저(仁氐), 김지대(金之岱, 1190~1266)는 본명이 중룡(仲龍), 『보한집(補閑集)』의 저자 최자(崔滋, 1188~1260)는 본명이 종유(宗裕) 또는 안(安)이었다.

그렇다면 이들의 본래 이름은 아명(兒名)이었을까? 호적에 올리기 이전에 집안에서는 흔히들 아명을 사용하였으므로 그럴 법도 하다. 그러나 이들의 본명은 아명이 아니라 정식 이름이었다. 고려 시대에는 장년 이후에도 마음대로 이름을 바꿀 수 있었을 뿐만 아니라, 일부 사람들에게는 개명하는 것이 흔한 일이었다. 호적에 오른 이름을 바꾸기 위해서 재판을 거쳐야 하는 현재의 법과는 문화가 아주 다르다.

이규보는 스물두 살 때 과거에 장원 급제하였는데 그때 꿈에 규성(奎星)이 나타나 그 사실을 알려주었다(報)고 해서 규보(奎報)로 개명하였다. 그런 경우를 보면, 인생에서 특별한 전기가 마련되었을 때 개명한 것이 아니었을까 짐작할 수 있다.

조선 시대에는 고려 때처럼 자주는 아니지만 그래도 개명하는 사람이 적지 않았다. 정조 때 재상을 지낸 조경(趙璥, 1727~1789)은 회갑이 되자 본명인 준(璿)을 경(璥)으로 바꾸었다. 늙은 나이에 이름을 바꾼다는 것은 상식에 어긋난 엉뚱한 행동이지만, 회갑을 맞아 스스로 묘지명을 짓고서 그날을 기점으로 새로운 인간으로 살자는 의미로 개명한 것이다. 이름을 단순히 남과 다른 자신을 구별하는 기호로만 보지 않고 인생의 의미를 간직한 상징으로 본 옛사람의 생각을 이해할 수 있다.

이름을 바꾸는 것만큼이나 쉽지 않은 것이 평생 사용하던 호(號)를 바꾸는 일이다. 지금이야 호를 그다지 사용하지 않지만 과거에는 이름처럼 호를 많이 사용하였다. 김시습이나 이덕무처럼 수시로 호를 바꾸어 사용한 호사가도 있었다. 대부분은 한두 가지 호를 한평생 이름처럼 갖고 살았다. 그러나 특별한 일이 있을 경우에는 인생을 마감할 만년에라도 호를 바꾸었다.

누구나 알고 있는 백사(白沙) 이항복(李恒福, 1556~1618)은 필운산이란 이명(異名)을 가진 인왕산 아래(현재의 필운동)에서 살았기 때문에 호를 필운(弼雲)이라 하였다. 그래서 당시에는 이항복을 필운재상(弼雲宰相)이라 불렀다. 그러나 만년에 백사로 호를 바꾸어 사용하면서 그 이후 필운이라는 호는 아예 잊혔다.

이덕무는 평생 많은 호를 사용하였지만 정조가 그의 인간됨을 '아(雅)' 한 글자로 평가하자 이전에 사용하던 호를 폐기하고 아정(雅亭)이란 호만을 사용하였다. 임금님으로부터 평가를 듣는다는 것은 무한한 영광이므로 이덕무처럼 호를 바꾼 신하가 적지 않다.

숙종조의 명신 탄옹(炭翁) 이주진(李周鎭, 1692~1749)은 만년에 호를 협옹(峽翁)으로 바꾸었다. 협옹이란 산골짜기 늙은이란 뜻인데 조정 대신의 호로서는 어딘가 모르게 어색하다. 호를 바꾼 사연이 재미있다. 숙종이 여러 신하의 초상화를 평하던

탄옹 이주진의 초상화. 숙종이 그의 초상화를 보고서 산골짜기 시골 늙은이란 평을 내리자 아예 호를 협옹으로 바꿨다.

중 이주진의 초상화에 이르러 웃으면서 말했다.

"이야말로 산골짜기 시골 양반이로다. 경의 풍채가 매우 준수한데 이 그림은 전혀 비슷하지가 않고, 그저 질박한 모양만 남아 있다. 그러나 내가 이런 말을 했으니 고치지는 말라!"

이주진은 다음과 같이 말하고는 아예 협옹이라고 호를 바꾸었다.

"소신의 초상화가 성상의 하감(下鑑)하심을 입었으니 마땅히 짧은 글로 사연을 기록하고 보물로 간직하겠습니다."

군주의 말 한 마디는 신하에게 참으로 큰 영광이니 협옹이
란 촌스러운 호도 화려하게 느껴진다.

먼 옛날의
방학 풍경

계곡물에 발 담그고 시를 짓다

육칠월이면 대개 초중등 학교에서 대학까지 여름 방학이 시작된다. 학생들이나 선생님들 모두 적게는 한 달에서 많게는 두 달이 넘는 방학을 기다린다. 우리들의 학교생활에 없어서는 안 될 것만 같은 방학, 하지만 한국의 많은 제도가 그러하듯이 방학도 고유의 제도가 아니고, 20세기 들어 서양식 교육 제도가 수입되면서 생겨났다. 이 시기에 생겨난 수많은 번역어 가운데 방학이란 어휘도 포함된다. 고려나 조선에는 방학이란 개념이 없었다. 덥다고 공부를 폐하고 춥다고 공부를 중단하는 생각을 하기가 어려웠다. 날씨나 휴식, 자율적 학습 등등의 필요성이 전통적인 교육에서는 고려 대상이 아니었기 때문이리라.

공부에서 놓여난다는 것이 방학(放學)의 사전적 의미이다. 이 어휘는 옛 문헌에는 거의 보이지 않는다. 공부에서 벗어난 학생들의 자유로움을 묘사하는 시나 글에서 간혹 보인다. 공부를 그만두는 폐학(廢學)은 가능해도 공부할 수 있음에도 쉬는 행위는 그 시절에는 용인되기 어려웠다. 하지만 사설 서당이라면 몰라도 정규 학교에서는 더운 여름 날씨에 어떻게 공부했을까? 조선 시대 유일의 대학인 성균관(成均館)의 여름철 풍속도를 기록한 시에서 그 단면을 엿볼 수 있다. 성균관 학생들의 생활상을 상세하게 전해 주는 정조 연간의 학자 윤기(尹愭, 1741~1826)의 『반중잡영(泮中雜詠)』에는 이런 시가 한 편 있다.

쇠도 녹이는 무더위에 해도 타들어 갈 때
식당에선 부채 부치기도 허락지 않네.
땀을 뿌리면서 아침저녁 참으려니
썩은 선비 신세가 너무도 무료하다.
流金盛熱日煩歊　不許食堂把扇搖
揮汗忍過朝夕頃　腐儒身世太無聊

성균관의 규율은 엄격해서 식당에 학생 전체가 모여 식사를 했는데 삼복더위에 부채를 부치는 것조차 허락되지 않았다. 더위가 몹시 고통스러웠기에 윤기는 썩은 선비 신세임을 자탄한 것이다. 조정에서 얼음을 배급하여 더위를 식힐 기회도 주고, 겨울철에는 땔감을 배급하여 편의를 제공하기는 했으나 더위와 추위는 고통스러웠다. 그럼에도 방학이나 휴학에 대한 고려는 없었다.

그렇다고 해서 방학에 해당하는 제도가 전혀 없었을까? 고려 시대에는 방학과 유사한 제도가 있었다. 고려 시대 사학(私學)인 12도(徒)에서는 매년 여름이면 산림에 모여서 공부를 하고 가을이 되면 흩어졌다. 그들이 모여 공부하던 장소로 개경 근처에 있던 용흥사(龍興寺)와 귀법사(歸法寺) 계곡이 주로 이용되었다. 최자가 지은 『보한집』과 『신증동국여지승람(新增東國輿地勝覽)』에 그런 사실이 나온다. 특히, 최충(崔冲)의 문헌공도(文憲公徒) 학생들 가운데 여름 공부하는 기풍이 성행하여 고려 말엽까지 계속되었다. 아마도 불교의 하안거(夏安居) 습속이 사학에 응용된 것으로 보인다. 무신 정권 시대의 유명한 문인 이규보도 여기에서 공부한 적이 있었다. 그는 나이가 들어 강화도에 머물 때 옛 서울 개경을 그리워하며 이런 시를 지었다.

> 황량해진 옛 서울은 차마 생각도 못해
> 일부러 잊은 채로 천치처럼 지내건만
> 그래도 정에 끌려 그리운 한 곳은
> 발 담그고 잔 돌리던 귀법사 시냇가!
> 故國荒凉忍可思 不如忘却故憨癡
> 猶餘一段關情處 歸法川邊踞送巵

그는 젊은 시절 공부하던 귀법사 계곡을 가장 그리운 곳으로 꼽았다. 아마 학창 시절 동료들과 탁족(濯足)하고 술 마시며 공부하던 멋을 잊지 못해서일 것이다. 피서를 하되 공부하는 모임을 해산하기보다는 오히려 모임을 만들어 경치 좋은 곳을 선택하여 공부에 열중하는 것이 더위를 이기는 학습 방법으로 이용되었다는 사실이 인상적이다. 전통 시대에는 현재의 방학에 해당하는 시기를 이처럼 모종의 학습 기간으로 이용했다.

이 외에도 삼복에 더위를 피하기 위해 벗들과 계곡을 찾아가 술잔을 기울이며 시를 짓는 피서음(避暑飮)과 탁족회(濯足會), 햇볕에 서책을 말리는 폭서회(曝書會), 보신을 위해 개장 먹는 구장회(狗醬會)를 연 기록이 공부하는 선비가 할 수 있는 일로 나온다. 이런 모임에는 어떤 공통점이 있다. 뜻이 맞는 사람들과 산수를 찾아 심신의 피로를 푸는 것이다. 이것이 먼 옛날 선비들의 방학이라면 방학이랄 수 있지 않을까?

서오생의
책 사랑

장서가 이명오

책의 소중함을 알고 간수하는 정성이야 고금이 다르지 않을
것이다. 그렇지만 아무래도 책을 얻기가 상대적으로 쉬운 현대
인이 옛날 사람의 애정에는 미치지 못한다. 내가 아는 시인 가
운데 한 사람은 책의 소중함을 시 여러 편으로 남겨 놓았다. 책
을 사랑한 사람으로서 깊은 인상을 지울 수 없는 그는 정조, 순
조 때의 시인인 이명오(李明五, ?~1836)이다.

이 시인의 아호를 흔히들 박옹(泊翁)이라 부르지만 가까운 친
구들은 그를 서오생(書娛生)으로 불렀고, 그가 머문 집을 서오헌
(書娛軒)이라 일렀다. 그 아들이 간행한 그의 시집이 『박옹시초
(泊翁詩鈔)』인데 멋지게 만든 이 시집의 어미(魚尾) 하단에는 서오
헌장(書娛軒藏)이란 간행처가 새겨져 있다. 아호의 의미는 책으
로 내 마음을 즐겁게 한다는 것이지만, 우리말 그대로 책을 즐

기는 사람 또는 책을 즐기는 집이라는 뜻으로 풀이된다.

나는 서오생의 시를 좋아하는데 그 시집에는 책을 좋아하는 서치(書痴)의 행태를 보여 주는 시가 제법 들어 있다. 그가 아우들과 함께 지은 일련의 시 가운데 책 모으기[藏書], 책 흩뜨리기[散書], 책 빌리기[借書], 책 돌려보내기[送書], 책 보기[看書]라는 제목이 보인다. 그 시에서 세도 있는 자는 빈손으로도 얻는 것이 책이고, 또 바보 같은 놈은 푼돈도 아까워하는 게 책이라면서 책을 소유하기가 참으로 어렵고, 또 소유했다 하더라도 지키기가 쉽지 않다고 했다.

그가 한 말은 그의 지론이기도 했고, 그가 인생에서 뼈저리게 경험한 것이기도 했다. 그는 아버지로부터 물려받은 책이 일만 권이나 되는 장서가였다. 아버지의 손때가 묻은 책은 소설에서부터 온갖 경서에 이르기까지 많고도 다양했다. 글자 하나가 손바닥만 한 송나라 간본이나 비단 같은 좋은 종이로 만든 감본(監本)처럼 희귀한 책도 있었다. 책마다 잘못된 글자를 고친 흔적이 나 있고, 뽑아 놓은 문장과 시집에는 붉은색, 검은색으로 평점을 달았다. 아버지는 책을 얻을 때마다 목록에 첨가하였고, 책마다 상아찌(코끼리 어금니로 만든 책갈피)를 달아 놓았다.

그런 소중한 장서가 아버지가 역적으로 몰려 죽임을 당하면서 서액(書厄)을 당하기 시작했는데, 권세가들은 거침없이 빼앗아 가고, 시장 상인들은 마구 훔쳐 갔다. 책을 결본으로 만들거

어미에 서오헌장이라 새긴 이명오의 시집 『박옹시초』로 「책 돌려보내기」와 「책 보기」의
시가 수록되어 있다.

나 찢는 짓도 해 댔으며, 간혹 책값을 쳐주더라도 한 푼이 되지
않았다. 심지어는 굶주림을 핑계로 여종까지 책에 손을 뻗쳐 서
쾌(書儈)를 불러들여 두 어깨가 벌개지도록 져 날랐다. 아버지
로부터 물려받은 장서가 자기 대에 와서 흩어지는 것을 유배지
에서 듣고 있을 수밖에 없었다. 그 참담한 장면을 서오생은 유
방(劉邦)이 세운 한나라를 왕망(王莽)이 파괴한 역사에 비유하
였다. 얼마나 참담했던지 자신의 인생을 기록한 장편의 시에서
자랑스럽던 장서가 흩어지는 장면을 세밀하게 묘사하면서 가

슴이 찢어지는 고통을 드러냈다.

책을 많이 잃어버렸기 때문인지 그는 남에게 책을 빌려 보고, 또 그 책을 되돌려 주는 심경을 아주 실감나게 묘사하기도 했다.

책상 위로 책을 높게 쌓아 놓을 처지가 못돼
머슴 어깨에 한 짐 얹어 오느라 몸이 바스러진다.
멋진 손님 모셔 오기가 왜 그리 더딘가?
이름난 꽃을 옮겨 달라 애걸하기 어렵구나.
부자놈들 서재에 가득 쌓아 놓은 것 얄미우나
해를 넘겨 읽게 해 준 우정에는 정말 감사하네.
신령한 마음과 지혜를 키우려 하는데
석양빛은 너무 쉽게 마루 아래로 내려가네.
床脚支高本分寒 僮肩擔赤爾軀殘
邀如佳客來何晚 移似名花乞得難
富戶偏憎充棟積 友情多謝閱年看
靈心慧識將培養 最苦斜暉易下欄

그에게 책을 빌리는 것은 멋진 손님을 모셔 오고, 이름난 꽃을 옮겨 오는 일이었다. 책을 서둘러 읽고 싶어 조바심을 내고 안절부절못하는 모습이 눈앞에 선연하게 떠오른다. 그러나 빌린 책을 언제까지고 가지고 있을 수는 없다. 이제는 주인에게 돌려줘야 하는데 떠나보내는 아픔이 정인을 이별하는 것 이상 이다.

> 책벌레의 고질병으로 반평생 괴로워하니
> 두 눈은 어질어질 촛불 심지는 타들어 간다.
> 자고 날수록 애정은 깊어 가고
> 늙어 갈수록 정은 떼기 어렵다.
> 편지로 재촉하지만 거듭 날짜를 어기다가
> 보따리를 싸면서 보지 못한 게 생각나네.
> 몇 년만 빌려 준다면 서둘러 읽으련만
> 돌려주고 나면 닫혀 버릴 문이 슬프구나.
> 蠹魚苦癖半生寒　雙眼將花燭燼殘
> 桑下宿來留戀劇　柳枝老去割情難
> 赫蹄相促頻違限　包裹還思未盡看
> 借我數年應快了　終悲一入鎖窓欄

책을 끔찍이도 생각한다. 다정다감한 시인이라서 떠나보내기 아쉬운 마음을 과장되게 표현한 것일까? 책을 구하기 쉽지 않은 옛날의 상황을 감안해도 그렇지만, 그의 말이 조금도 허세 부리기라는 느낌이 없다. 정도의 차이는 있지만 보고 싶은 책

을 손에 올려 두고 보려는 간절함에는 예나 지금이나 큰 차이
가 없다. 책을 즐기는 사람이라면 서오생의 사연을 보고 동병
상련의 감정을 느끼지 않을 수 없으리라.

콩 요리 성찬

이익이 실천한 선비의 자세

　성호(星湖) 이익(李瀷, 1681~1763)이 언젠가 삼두회(三豆會)를 여다면서 가까운 친척들을 불러 식사를 대접하였다. 내놓은 요리인즉, 모두가 콩을 재료로 한 음식으로 콩을 갈아 쑨 콩죽에 콩으로 담근 두부, 콩을 소금에 절여 만든 된장이었다. 그렇게 남녀노소가 콩 요리 세 가지를 나눠 먹고 밤이 이슥하도록 담소를 즐긴 다음 헤어졌다. 친척들은 그제야 성호가 말한 삼두회가 콩으로 만든 음식을 나눠 먹자는 모임임을 알아차렸다. 아무도 불만을 토하지 않고, 콩으로 만든 음식에 불과하지만 씹어서 목구멍으로 넘기니 고기나 채소나 다를 게 없다고들 입을 모았다. 성호는 콩 음식이 값도 싸고 만들기도 쉬워 삼두회를 열었으니 앞으로는 이 모임을 가법(家法)으로 만들어 이어가라는 당부를 덧붙였다. 그 자리에 참석했던 이현환(李玄煥)은 모임의 과정과 사연을 '삼두회서(三豆會序)'라는 글로 써서 그날의 훈훈한 분위기를 뒷날에 전해 주었다.

생각해 보면, 아무리 어려운 가정 형편이라고는 하지만 친척들을 모아서 콩죽에 콩 반찬으로 회식 자리를 마련한 것은 옹색하기 짝이 없는 일이다. 그런데 성호가 꼭 쌀이 없어서 그랬던 것만은 아니었다.

"남들이 즐기는 것처럼 나도 고기 맛을 잘 안다만, 음식이란 씹어서 목구멍으로 넘기면 고기나 채소나 매한가지라."

성호가 평소 입버릇처럼 해 온 말이다. 그래서 쌀 반 콩 반으로 밥을 지어 먹고는 오히려 그게 맛이 더 좋다고 하며 콩밥 먹는 기쁨을 시로 지었다. 문집에 실린 「반숙가(半菽歌)」, 즉 「밥에는 콩이 반이다」라는 시가 바로 그 작품이다.

쌀과 함께 합쳐 고루고루 뒤섞어서
솥에 넣고 삶아 대니 모락모락 김이 오르네.
사발에 담아 모임을 여니 향기가 진동하고
수정과 화제(보석)가 이곳저곳 반짝이네.
與米相和得均劑 錡釜爛蒸騰成霞
盈杅啓會氣燻人 水晶火齊交相加

콩밥 짓는 장면을 묘사하고, 붉은 빛깔의 콩을 찬란히 반짝이는 보석이라며 너스레를 떨었다.

삼두회를 열기 바로 전 해에 지은 이 시에서 성호는 가난한 살림을 꾸리는 데는 이골이 난 사람이라며 콩으로 밥해 먹는 수완을 뽐냈다. 그렇게 그 무렵 성호는 열렬한 콩 예찬론자가 되어 있었다.

성호가 콩 예찬론자가 된 동기가 검소한 성품 때문만은 아니었다. 노동하지 않는 자가 이밥을 먹어서는 안 된다는 소신 때문이었다.

> 한평생 밭도 갈지 않고 김도 매지 않으니
> 배를 떵떵 두드리며 먹는 것은 분에 넘친다.
> 生平不耕亦不耘 鼓腹含哺計甚差

그런 소신을 지녔으므로 콩밥이라도 맛있게 먹을 수 있는 여유에도 미안한 마음을 표하고서 굶주린 이웃 사람들을 떠올렸다. 시에는 이런 내용도 담겨 있다.

> 앞마을에는 밥 짓는 연기도 일어나지 않으니
> 콩도 내게는 사치가 아닐는지.
> 부귀한 자들 호사를 다퉈
> 밥 한 끼에 만 전을 뿌려 비린내 진동하네.

　　굶주리는 백성을 연민하는 한편, 음식에 사치하기 위해 백성을 괴롭히는 자들을 증오하였다. 콩밥을 먹으면서도 따뜻한 양심을 드러내는 선비의 자세를 잃지 않았다.

　　그렇지만 이 모임이 우리를 감동하게 만드는 이유는 다른 것이 아니라 오히려 그렇게 조촐한 음식을 차려 놓고서 훈훈한 정을 가슴으로 느끼며 학문을 논하는 모습 때문이다. 성호는 그 자리에서 공자가 자로(子路)에게 "콩을 먹고 물을 마셔도 그 즐거움을 극진히 하는 것이 효(孝)"라고 했다는 말을 상기시키며, 가난하지만 즐거운 마음을 갖는 것이 오히려 부모를 잘 모시는 효라고 말했다.

　　성호가 주빈이 되어 차린 콩 요리 성찬과 말씀에 그날 모인 친족 모두가 가슴 깊이 감동을 받았다. 이현환은 그날의 분위기를 이렇게 전했다.

　　집에 몇 가마의 쌀이 없는 것도 아니건만 굳이 콩 요리를 내놓고 모이라고 하셨다. 그 자리에 젊은이와 어른이 모두 모이자 해박한 지식과 굉장한 언변으로 옛일을 말씀하셨다. 자세히 헤아리고 쪼개어 분변하시니 말씀마다 법도에 맞아 구경하고 감화된 자가 많았다. 콩 모임을 연 결과가 어떠한가?

콩 요리를 먹고 나서 성호를 중심으로 그 집안사람들이 빙 둘러 앉아서 학문을 강론하는 장면이 눈에 선하다. 콩으로 만든 요리 세 가지는 실은 너무도 성대한 만찬이었다.

나무꾼 시인

월계의 명사 정초부

김홍도(金弘道, 1745~?)가 그린 「도강도(渡江圖)」란 그림이 있다. 배 한 척이 넓은 강을 건너는 모습을 그린 산수화다. 김홍도의 그림치곤 그리 이목을 끌지 못하는 축에 드는지 이 그림을 두고 관심 있게 논하는 사람을 보지 못했다. 하지만 내게 이 그림은 이상하게 끌리는 데가 있다. 아마도 한강 어디쯤인가를 묘사한 듯한 이 그림에 붙어 있는 화제(畵題) 때문이다. 화제로 쓰인 시는 이렇다.

동호의 봄물은 쪽빛보다 푸르러
백조는 선명하게 두세 마리 보이네.
노 젓는 소리에 모두들 날아가고
노을 지는 산 빛만이 강물 아래 가득하다.

東湖春水碧於藍 白鳥分明見兩三
搖櫓一聲飛去盡 夕陽山色滿空潭

　군이 설명할 필요도 없이 해 저무는 강의 고즈넉한 풍경을 묘사한 시다. 그리 어렵게 쓴 시가 아니다. 그러면서도 빛깔과 공간이 아주 잘 어우러져 시정(詩情)과 화의(畵意)가 담뿍 느껴지는 좋은 시다. 그러나 작자명을 밝히지 않아 누가 지었는지 알 수 없다. 그렇다고 김홍도가 지은 것은 아니다. 그렇다면 누구의 작품일까? 이 시는 놀랍게도 노비가 지은 시다.

　정조 시대에 양근에 살던 정초부(鄭樵夫, 1714~1789)라는 나무꾼 노비가 있었다. 그는 성명이 정봉(鄭鳳)이요 호가 운포(雲浦)나 모두들 정초부라고 불렀다. 초부는 나무꾼의 한자어니 정씨 나무꾼이라는 뜻이다. 그는 참판을 지낸 여동식(呂東植) 집안의 노비였다.

　노비가 어떻게 저런 뛰어난 시를 짓게 되었을까? 그는 어릴 때 나무하러 산으로 보내면 주인집 아들이 책을 읽는 것을 부러워하며 구경하곤 했다. 가끔은 나무하는 것도 잊어버리고 자기도 따라 외웠다. 그렇게 곁에서 들은 내용을 몰래 익혔다. 그럭저럭하는 사이에 그는 제법 식견이 있고 시를 잘 짓는 사람이 되었다. 그는 나무하는 틈틈이 시를 지었는데 사람들 사이에 조금씩 알려지게 되었다.

정초부의 시를 화제로 그린 「도강도」. 「도강도」는 2종이 있는데 이 그림은 국립전주박물관에 소장된 『송수관필화첩(松水館筆畵帖)』에 수록된 것이다.

그는 지금의 팔당대교 상류인 월계(月溪) 어디쯤엔가 살면서 나무를 해 한양에다 팔아서 생계를 유지했다. 김홍도의 그림에 적힌 작품도 나무를 팔기 위해 오고 가며 본 풍경에서 나온 시임이 틀림없다. 나무를 팔고 돌아가다가 보게 된 동호대교 부근 어딘가의 아름다운 저녁 풍경에 매료되어 나온 작품이리라. 노비의 시라고 하기에는 너무 세련되고 서정적이다. 하기는 노비라는 신분에 집착해서 시를 해석할 필요까지는 없겠다. 이 시가 세상에 널리 퍼져서 정초부는 식자들 사이에서는 유명한 사람이 되었다.

이름이 났다고 해서 정초부의 인생이 바뀐 것은 아니었다. 그는 월계에서 나무하며 시 짓는 시인으로 평생을 보냈다. 주인이 그를 노비에서 풀어 주었다는 이야기도 전한다. 노비로서 나무하며 먹고사는 가난한 시인이지만 서울의 고관이나 저명한 문인들이 교통 요지인 이곳을 지날 때면 그를 찾아보곤 했다. 신광수(申光洙)란 유명한 시인도 여주를 가기 위해 월계를 지날 때 "여기에 사는 노비 정봉이란 사람이 시를 잘한다."라며 그를 만나려 했으나 만나지 못했다. 그러자 몹시 아쉬워하며 정초부의 살아가는 모습을 떠올리는 시를 지었다. 나중에라도 꼭 만나겠다고 다짐하면서 말이다.

> 아침에는 나무 팔아 배 위에서 쌀을 얻고
> 가을에는 나무에 기대 산속에서 종소리를 읊네.
>
> 賣柴朝得江船米　倚樹秋吟峽寺鍾

주변 고을의 수령들도 시회가 있으면 그를 불러서 함께 시를 짓기도 했다.

정초부는 이름이 알려진 이후에도 나무꾼 생활을 그만두거나 명성을 이용해 세력 가진 자를 찾아다니지 않았다. 자신의 본분을 지키며 월계의 나무꾼이라는 이름에 만족했다. 지은 시에는 이름도 쓰지 않고, 그저 초부라고만 썼다. 남에게 자신을 소개할 때도 초부라고 했다. 자신을 낮췄다고 해서 식자들이 그를 노비니 나무꾼이니 무시하지 않았다. 그는 서울에서 경기도와 강원도로 가는 주요한 길목이었던 월계를 지키는 특별한 명사가 되었다. 심지어는 그가 죽은 지 수십 년이 지나서도 월계를 지나는 사람들은 초부를 기억하고 그를 추모하는 시를 지었다.

김홍도의 격조 높은 그림에는 그 옛날의 나무꾼 시인이 말없이 작품을 얹고 있다. 굳이 성명이 정봉이요 노비였단 사실을 밝힐 필요가 없을지 모른다. 그러나 그 시인에 얽힌 사연을 알고 나면, 전에 비해 그림도 풍경도 시도 사랑스럽게 다가오는 것을 어쩌랴!

벼루를
노래한
시인

벼루광 유득공

한국의 옛 역사에 관심이 많아 『발해고(渤海考)』를 비롯한 저술을 여럿 남긴 유득공(柳得恭, 1749~1807)은 학문적 관심사와 취미가 다양했다. 그는 벼루에도 관심을 기울였다. 벼루를 많이 가지기도 했고, 또 조선 벼루의 역사를 정리하여 『동연보(東硯譜)』란 저술을 짓기도 했다. 자연스레 먹에도 관심이 깊었다. 하기사 어느 문인치고 벼루와 먹에 무관심할 수 있으랴! 그러나 그뿐, 벼루의 요조조모를 조사하고 분석하고 평가하는 수준에 나아간 선비는 실제로는 많지 않다.

유득공은 유달랐다. 벼루를 소재로 시를 여러 편 썼고, 벼루에 새긴 연명(硯銘)도 문집에 전하는 것만 10편이다. 모두 그가 소장한 벼루 10방(方)에 쓴 명문(銘文)이다. 순서대로 종성의 창석(蒼石), 위원의 자석(紫石), 북청의 청석부(靑石斧), 중국 단계석

(端溪石), 일본 징니(澄泥), 남포의 오석(烏石), 안동의 마간석(馬肝石), 성천옥(成川玉), 풍천의 청석(青石), 평창의 적석(赤石)이다. 일본과 중국 벼루까지 포함했고, 전국의 유명한 벼루를 골고루 다루었다. 내용은 벼루를 얻게 된 사연부터 가치와 특징을 평하는 것까지 다채롭다.

그는 충청도 보령의 남포에서 나온 벼룻돌을 최고로, 안동의 마간석을 최하로 평가했다. 남포 벼룻돌은 최고의 명품으로 공인된 단계연, 흡연(歙硯)에도 뒤지지 않는다고, 『임원경제지(林園經濟志)』에 일부가 실려 있는 『동연보』에서 주장했다. 그는 1783년 충청 지역을 여행하다 남포를 지날 때 남포산 벼룻돌을 주제로 시를 지었다.

"일찍이 들으니 좋은 돌이 나오는데, 단계석과 흡석에 버금간다고 명성이 자자하다. 모두들 화초석을 사랑하지만 식자들은 푸른빛 재질을 찾는다."라며 "읍지(邑誌)나 '벼루의 역사'에 내가 지은 이 시를 써 두어야 할 것이라."라고 했다. 벼루를 읊은 자신의 시가 사실을 입증하는 사료나 문서의 가치가 있다고 확신한 것이다.

유득공은 벼루를 얻은 기쁨을 노래한 시를 세 편이나 썼다. 그것도 모두 장편시다. 하나는 그의 숙부인 유금(柳琴)이 중국 친구로부터 단계석을 받아 벼루를 만든 기쁨을 묘사했다. 다른 하나는 성해응(成海應)이 북청에서 구한 청석 도끼 두 개를 유득공에게 선물하자 그중 하나를 파 벼루를 만들고 「청석부연가(靑石斧硯歌)」를 지었다. 그가 연명에서 묘사한 북청의 청석부가 바로 이 벼루일 것이다. 성해응 역시 벼루라면 사족을 못 쓰는 마니아였다. 그 노래의 뒷부분은 이렇다.

북청 도호부사는 술에 취해 잠자고
장정들은 목청껏 노래하며 돌밭을 가네.
돌밭에는 돌도끼 많나니
지금 사람 밭 가는 곳은 옛사람 전쟁터였지.
지금 사람 도끼 얻어도 쓸데가 없어
숫돌에 갈아 벼루 만드네.
그대는 보지 못했는가?
오랑캐는 창검을 떨쳐 적을 크게 격파했건만
서생의 팔뚝은 먹을 갈기도 힘겨워함을.
靑州都護中酒眠 健兒高歌耘石田
石田多石斧 今人耕處古人戰
今人得斧無所用 磨礪持作硯
君不見老羌奮戟大破賊 書生腕力劣磨墨

시에 나오는 북청 도호부사는 정조의 특별 배려로 부사가 된 성대중(成大中)으로 성해응은 그의 아들이다. 여진족과 전쟁이 벌어지던 옛 전장터에서 발견한 청석 도끼로 벼루를 만든 사실을 이렇게 시로 썼다. 마지막 구절에서는 옛날에 대장부는 도끼로 적군을 격파했는데 자기 같은 서생은 먹을 갈 힘도 없다고 자조적으로 썼다.

나머지 하나가 일본의 명품 벼루로 적갈색을 띠는 아카마카세키 벼루, 즉 적간관연(赤間關硯)을 이정구(李鼎九)로부터 뺏고서 쓴 시다. 「적간관연가 증잠부(赤間關硯歌 贈潛夫)」, 즉 '적간관연의 노래를 지어 잠부에게 주다'란 이 시가 몹시 흥미로워 관심을 뗄 수가 없다. 시는 벼루를 얻게 된 과정을 길게 묘사하는데 그 뒷부분은 다음과 같다.

벼루를 보고서 나는 갖고 싶지만
친구는 매우 곤란하다는 낯빛을 띠네.
미불(米芾)은 옷소매에 벼루 숨겨 훔친 일 있고
소동파(蘇東坡)는 벼루에 침을 뱉어 차지한 적 있네.
옛사람도 그리했거늘 나야 말해 무엇 하랴!
낚아채서 달아나니 걸음도 우쭐우쭐.
이 벼루는 색깔이 붉어서 얻기가 그리도 어려운 것인가?
적간관이란 그 이름이 이상할 것 없구나.
我見欲有之 故人顔色難
米顚藏衣袖 東坡唾硯顔

古人如此何況我 攫取而走步蹣跚

此硯色旣赤所以得之如是艱

無怪其名赤間關

　이정구가 가진 벼루는 일본 벼루 중에서 가장 뛰어난 품질로 알려졌다. 흔치 않은 좋은 벼루를 본 유득공이 당연히 욕심을 부렸으나 이정구가 선뜻 줄 리 없었다. 유득공은 허락을 얻을 것도 없이 그냥 가지고 내뺐다. 집에 가서는 그 벼루에 먹을 갈아 장편의 시를 써서 벼루값 대신 보냈다. 벼루를 예찬하고 자기가 가지고 달아나서 미안하다는 사연이다. 그는 유명한 서예가인 송나라의 미불과 소동파가 좋은 벼루를 탐내 훔친 옛일도 있으니 벼루광인 자기도 할 수 없이 그리했노라고 변명했다. 그런 유득공에게 이정구가 화를 내거나 벼루를 돌려 달라고 할 수는 없었을 것이다.

　유득공은 벼루를 전문적으로 연구한 최초의 학자이자 벼루 사랑을 문예 작품으로 승화시킨 뛰어난 시인이라 아니할 수 없다.

홍씨
집안의
독서

홍인모의 가정 교육

　독서와 공부를 시작하는 곳은 다른 어느 곳도 아니라 바로 가정이다. 옛 선비들이 집안에서 영위한 생활을 엿보면 자녀와 둘러앉아 책 읽으며 대화하는 장면을 곧잘 목격하게 된다. 특히 명문가 집안에서는 아름답고 훈훈한 독서 풍경을 만날 수 있다. 부모와 자녀가 공부하고 독서하는 분위기를 만들어 간 인물로 정조, 순조 연간의 관료 홍인모(洪仁謨, 1755~1812)를 누구보다도 먼저 손꼽고 싶다. 홍석주 등 아들 3형제를 각각 지위가 높은 관료, 뛰어난 학자, 예술가로, 딸은 저명한 시인으로 키워 냈다.

　집안의 독서하는 분위기는 그 혼자서 만들어 간 것이 아니다. 모든 것을 아내와 함께 했다. 그는 집안 살림 외에도 학문이나 문학을 주제로 아내와 대화를 나누었다. 아내가 문학적 자질이 있는 것을 간파하고는 시도 짓게 했다. 아내는 형식을 모른다며 물러섰지만 형식은 중요치 않다며 격려하였다. 이수(而壽)인 자신의 호와 짝을 맞춰 영수각(令壽閣)이란 호를 선물하고 부부간에 시를 자주 주고받았다. 뒷날 자녀들이 아버지의 문집을 엮을 때 어머니의 작품도 함께 엮고는 자랑스러워했다. 조선 시대 부부의 문집이 함께 간행된 사례로는 유일하다.

부부는 자녀들과 함께 독서하고 다양한 주제를 가지고 대화를 나누었다. 서로 시를 주고받은 것은 말할 나위도 없다. 아버지는 맏형에게, 맏형은 둘째 동생에게, 둘째 동생은 막내 동생에게 읽어야 할 책의 목록을 만들어 주었다. 맏형이 나중에 그 목록과 개요를 적어 『홍씨독서록(洪氏讀書錄)』을 엮었다. 홍씨라는 성을 일부러 붙여서 가정에서 형제들이 힘을 합쳐 만들었음을 밝혔고, 다 같이 폭넓게 공부하자는 의욕을 불태웠다. 둘째인 홍길주는 따로 『사부송유(四部誦惟)』란 책을 만들어 아우에게 주었다. 반드시 암송하고 고민해 봐야 할 중요한 글만을 엮어서 공부하자는 취지였다. 부모형제가 이렇게 책을 읽고 시와 문장을 짓는 모습은 상상만으로도 아름답다.

이런 집안 분위기가 남자들만으로 가능했을까? 그렇지 않다. 오히려 어머니의 학식과 자세가 더 큰 영향을 끼쳤다고 말해도 좋다. 어머니는 낮에는 물론이고 밤에도 아들에게 직접 글을 가르치고 잠자리에 들 때에는 경서를 외워 들려주었다.

또 교양과 인문적인 지식만을 전달해 주지 않았다. 놀랍게도 기하학과 수학을 본인이 직접 가르쳤다. 방정식과 분수 계산 따위의 어려운 문제를 알기 쉽게 풀이해 주었다. 그녀의 친정은 바로 수학과 천문학에 깊은 관심을 가졌던 서유구 집안이었다.

이 집안에서는 또 딸을 아들과 차별하지 않고 똑같이 가르쳤다. 그렇게 배운 딸 유한당(幽閒堂) 홍원주(洪原周, 1791~?)는 19세기의 몇 안 되는 여성 시인으로 성장했다.

홍길주는 나이 들어 젊은 시절의 집안 분위기를 이렇게 회상했다.

"스무 살 이후에도 아버지께서 관아로 나가서서 여가 시간이 나면 어머니와 안방에 마주 앉았다. 형님이 퇴근해서 나와 아우, 누이가 다 함께 어머니 앞에 빙 둘러앉았다. 귀 기울여 들은 것은 모두 선인들의 훌륭한 행동이었고, 토론하고 대화한 것은 모두 경서와 사서의 아름다운 말이었다. 여유가 있을 때면 시를 주고받거나 글을 지어 어머니를 즐겁게 해 드리고자 했다. 그렇게 하루 내내 즐겁게 지냈다."

자녀들이 장성해서도 함께 모여 학문을 주제로 대화를 나누고 작품을 짓는 모습이 잘 나타나 있다. 이들이 남긴 문집에는 유달리 부모형제끼리 주고받은 좋은 작품들이 많다. 홍길주의 회상이 집안의 화목함을 자랑하려고 늘어놓은 수사만은 아니었다.

독서와 공부는 의무나 강요만으로 촉진되기 어렵다. 자연스럽고 즐겁게 하는 것이 최상이고 가정이 최적지다. 홍씨 집안처럼 말이다.

아침은
언제 오는가

진달래꽃

이광사의 처절한 한

기억하라! 한이 한번 맺히면

영원토록 마멸되지 않음을.

파산 만 리 붉은빛은

망제 천년의 피눈물임을!

當知恨一結　終古不磨滅

巴山萬里色　望帝千年血

　진달래꽃을 노래한 시다. 비운의 촉(蜀)나라 임금 망제가 죽
어서 진달래꽃이 되었다는 전설이 있다. 이 산천에 진달래꽃
이 피었으니 산야 만 리를 천년토록 붉게 물들일 내 한을 기억
하라! 이 시를 읽을 때마다 김소월의 「진달래꽃」을 떠올리지만
처절한 느낌은 훨씬 더하다. 이 시를 쓴 시인은 이광사(李匡師,

1705~1777)다. 조선 시대를 대표하는 서예가의 참담한 인생과 애절한 사랑을 이 시에서 읽는다.

이 천하 명필이 왜 이런 처절한 한을 노래했을까? 내로라하는 명문가로서 강경파 소론(少論)이었던 그의 집안은 반대 당파의 집중적인 공격을 받아 하루아침에 역적의 집안으로 몰락했다. 백부가 한 일에 연좌되어 이광사는 평생 출세를 단념하고 불우한 심사를 오로지 글씨와 그림과 시에 풀어내 시대를 초월한 조선의 명필로 군림했다. 그러나 반대 당은 세사에 초연한 채 예술에 몰입해 사는 것조차 봐주지 않았다. 1755년 50세의 그는 역적으로 몰려 의금부에 투옥되어 왕으로부터 직접 국문까지 받았다. 죽음 외에 다른 길이 없었다. 마지막으로 그는 머리를 치켜들고 "빼어난 예술을 갖고 있으니 목숨만은 건져 주소서!"라며 통곡했다. 그를 불쌍히 여긴 영조가 극형만은 모면하게 해 주었다. 이후 그는 국토의 양끝 부령과 진도에서 무려 23년간 유폐되어 살다가 죽었다. 유배지인 두만강변의 부령에서 앞의 시가 지어졌다.

인생에서 벌어진 모든 것이 그에게는 한이었다. 그러나 오로지 한 가지 가슴 깊이 응어리진 한은 그의 아내였다. 그가 의금부로 끌려갔을 때 아내 윤씨(尹氏)는 남편의 죽음을 예상했다. 정세가 그럴 수밖에 없었다.

"남자는 이레를 굶으면 죽고 여자는 여드레를 굶으면 죽는다 하니 앞으로 여드레가 내가 세상에 머물 날이라."

윤씨는 바로 굶기 시작했다. 그렇게 물 한 모금 안 마신 지 엿새째 되던 날, 남편을 극형에 처한다는 소문이 들려오자 윤씨는 더 기다리지 않고 바로 처마 끝에 목을 매달았다. 아뿔사! 그것은 헛소문이었다.

의금부에서 풀려나 유배지로 떠나려던 이광사는 찾아온 아들이 상복을 입은 것을 보고도 놀라지 않았다. 유배지에 도착해서야 비로소 그는 통곡을 터트렸다. 그해 겨울 망자를 애도하는 시를 지었다.

내가 죽어 뼈가 재가 되어도
이 한은 정녕코 사라지지 않고
내가 살아 백 번 윤회를 거듭해도
이 한은 영원히 생생하리라.

수미산이 개미둑처럼 줄어들어도
황하가 물방울처럼 가늘어져도
천 번이나 부처를 땅에 묻어도
만 번이나 신선을 장사 지내도
천지가 뒤집혀 태초가 되어도
해와 달이 빛을 잃어도

이 한은 맺히고 굳어져
세월이 갈수록 단단해지리라.
부서지지 않는 번뇌처럼
뚫지 못하는 금강석처럼
간직하면 큰 덩어리 되고
토해 내면 대천(大千)세계에 가득하리라.

내 한이 이럴진댄
그대 한도 그럴 테지.
둘의 한이 영원히 흩어지지 않으면
반드시 만날 인연이 있으리라.

我死骨爲灰　此恨定不捐
我生百輪轉　此恨應長全
須彌小如垤　黃河細如涓
千回葬古佛　萬度埋上仙
天地湯成樸　日月黯如烟
此恨結復結　彌久而彌堅
煩惱莫破壞　金剛莫鑽穿
藏之成一團　吐處滿大千
我恨旣如此　君恨應亦然

　일백 번의 윤회를 거듭해도 한은 더 굳어지고, 해와 달이 빛을 잃는 일은 있을지언정 한은 사라지지 않아 그의 한은 극단과 대결한다. 저승과 이승에서 한을 풀지 않으면 언젠가 만나리라는 마지막 대목이 사무친 비원(悲願)으로 들려온다. 곱게 늙어 가던 부부에게 일어난 이 기막힌 사별을 맨정신으로는 감당할 길이 없었으리라. 진달래꽃을 읊은 시는 다음 해 어느 봄날에 쓰였다.

　우리 역사에서 잔혹한 정치판이 무고한 사람들을 파멸로 몬 적이 한두 번이 아니다. 애정 깊은 명필 부부의 인생은 파괴되었지만 그 한은 예술로 바뀌어 지금까지 보는 이의 마음을 울린다.

눈물로
완성한 책

서유구와 『임원십육지』

> 나는 수십 년 동안 저술에 공을 들여 『임원십육지(林園十六志)』
> 백여 권을 최근에야 겨우 끝마쳤다. 그러나 책을 맡아 보관할 자식
> 도 아내도 없으니 한스럽다. 우연히 웅집역(熊執易)의 사연을 보고
> 나니 구슬퍼져 한참 동안 눈물이 흘러내린다.

정조, 순조 연간의 학자 서유구가 『금화경독기(金華耕讀記)』란
책의 한 곳에 쓴 낙서 같은 글의 한 대목이다. 『임원십육지』라
면 조선 후기 실학을 대표하는 방대한 저술이다. 이러한 기념비
적 저서를 편찬하고 난 기쁨에 앞서 그 보관과 전승을 걱정하
는 대학자의 슬픔이 짤막한 글에서 묻어 나온다.

그가 보고서 눈물을 쏟은 웅집역의 사연은 『당국사보(唐國史
補)』에 실린 다음 이야기이다.

웅집역이 경서의 내용을 분류하여 『화통(化統)』 500권을 저술하였는데 저술에만 40년이 걸렸다. 임금에게 올리기 전에 그는 서천에서 죽었고, 무원형(武元衡)이 그 저술을 베껴 임금에게 올리고자 하였다. 그러나 혹시 책을 잃어버릴까 염려한 그 아내 설씨가 내놓지 않아서 지금까지 그 집에 보관되어 있다.

필생의 노력이 담긴 저서를 지키려는 아내의 노력도 수포로 돌아가 그 『화통』은 지금은 종적이 묘연하다. 하지만 서유구는 남편의 책을 지키려는 그 아내의 정성을 부러워하는 한편, 차라리 그때 친구에게 빌려 주었더라면 후세에 전해졌을지도 모른다고 기대한다. 자신의 처지를 돌아보니 아내는 오래전에 죽었고, 아들마저 저술 막바지에 죽었다. 누가 30년 적공(積功)의 저서를 간행하거나 후세에 전하려 하겠는가. 서유구의 하염없는 눈물이 애처롭기 그지없다.

자기 저서에 대한 애착은 누구를 가릴 것이 없다. 하지만 서유구의 『임원십육지』에 대한 남다른 애착에는 그만한 이유가 있다. 1805년 노론 벽파가 정계에서 축출된 여파로 서유구는 조정에서 완전히 쫓겨나 18년 세월을 야인으로 보내게 된다.

"병인년 나는 시골로 쫓겨나 망가져 떠도는 신세가 되었다. 하루에도 세 번씩 죽기를 기도하여 스무 해 동안 그쳐 본 적이 없었으나 지금껏 죽지 못한 것은 아들이 있기 때문이었다."

일본 오사카의 나카노시마 도서관에 소장된 『임원십육지인(林園十六志引)』의 한 장. 이 글은 본래 『금화경독기』에 적힌 서유구의 감회를 베껴 쓴 것이다.

이렇게 토로할 만큼 고통스러운 시절이었다. 고통을 잊기 위하여 그는 수많은 자료를 모아 정리하여 이 책을 저술하였고, 완성을 보는 데 30년 세월이 걸렸다. 죽음의 유혹 속에서도 저술할 수 있었던 데에는 동생과 아들의 도움이 컸다. 특히, 그의 외아들 서우보(徐宇輔)가 편찬을 도왔다. 그런 아들이 1827년 서른세 살에 요절하고 만다. 그는 제문을 지어 이렇게 울부짖는다.

"나는 근래 심히 노쇠하여 눈곱이 끼고 정신이 흐려 더 이상 책을 읽고 붓을 들지 못했다. 그래서 빠진 것을 보완하고 번잡한 것을 덜어 내는 일에 자주 네 힘을 빌었다. 격두(格頭)와 오사란(烏絲欄) 사이의 숱한 글자들은 네가 남긴 흔적이건만 너는 어디 가고 책만 홀로 상자에 남았단 말이냐? 아아! 내가 무슨 마음으로 다시 들여다보겠으며, 내가 무슨 심정으로 편찬을 계속하겠느냐?"

저자의 고통과 눈물이 배어 있는 이 방대한 저술은 요행히도 염려와는 달리 사라지지 않았다. 하지만 그의 많은 저술은 장서와 함께 세상 곳곳에 흩어졌다. 10여 년 전 나는 이 책의 일부를 번역하면서 저자의 손때가 묻어 있는 원본이 보고 싶어 안달이 났었다. 최근에야 지인의 도움을 받아 일본에 소장된 그 원본의 복사본을 입수하여 해묵은 염원을 풀 수 있었다. 격두와 오사란 사이에 지우고 고치고 보충한 흔적이 낭자한 것은 아마도 그가 애통해 마지않던 아들 우보의 흔적이리라. 그가 앞에 두고 눈물을 흘린 책이 분명하다. 숙연한 마음 금할 수 없으니 흩어진 원본을 수집하고 정리하여 번듯하게 세상에 보여 주는 것이 도리가 아닐까 생각해 본다.

한 여인의
우울한 죽음

박향랑의 원한

하늘은 높고 높고 땅은 넓고 넓은데
천지 크나 이 한 몸 머물 데 없다.
차라리 이 물에 빠져
어복(魚腹)에 영장(永葬)하리라.

지금으로부터 약 300년 전인 1702년 현재의 경상도 구미시
에 살았던 박향랑이란 여인이 강물에 투신자살하며 유언처럼
남긴 「산유화가(山有花歌)」다. 한글로 적힌 노래가 지금껏 전해
온다. 드넓은 천지에 몸 둘 곳 하나 없는 비극적 절망의 노래는
두고두고 사람의 심금을 울려 많은 작가들이 그녀의 불행을 시
와 산문으로 묘사했고, 심지어 그녀의 한 맺힌 인생을 위로하
는 장편소설 『삼한습유(三韓拾遺)』까지 등장했다. 정치적 사건에

연루된 자살도, 사회적 파장을 불러일으킨 자살도 아니건만 평범한 양민 여성 향랑은 누구보다 유명한 여인이 됐다.

그녀에 관한 사건의 대강은 이렇다. 향랑은 17세에 같은 마을의 14세 소년 임칠봉에게 시집을 갔으나 금슬이 좋지 않았다. 칠봉의 구타가 갈수록 심했으나 시부모가 말리지도 못해 향랑은 친정으로 돌아갔다. 하지만 친정에는 계모가 들어와 구박이 심해 외삼촌 집으로 옮겼다. 시일이 흘러가자 외삼촌은 무한정 데리고 살 수 없다며 개가를 강요했다. 향랑은 견디지 못하고 다시 시집으로 갔으나 남편의 구타는 더 심해졌고, 더이상 기댈 곳이 없어진 향랑은 자살을 선택하였다.

사건이 일어나자 고을 원님으로 있던 조귀상(趙龜祥)은 상부에 보고했고, 한참 뒤에 조정에서는 그녀를 열녀(烈女)로 인정했다. 열녀라? 아무리 생각해도 열녀의 칭호는 그녀의 행동에 어울리지 않는다. 관할 수령이 향랑을 열녀로 만들고 사대부들이 그에 호응한 이유가, 고을의 명예를 지키면서 동시에 이런 여성을 위로할 유일한 제도적 장치가 그것뿐이었으니 그렇다고 치자. 그럼에도 금슬이 좋은 적도 없고 더구나 수없이 구타당하고 쫓겨나 갈 곳이 없어 자살한 향랑에게 열녀란 칭호를 내리는 것은 시쳇말로 향랑을 두 번 죽이는 일이 아닐 수 없다.

그것은 그렇다 치고 향랑은 왜 유명해졌을까? 열녀라서? 천만의 말씀이다. 대부분의 열녀는 시간이 흐르면 사람들의 뇌리에서 사라진다. 그렇다면 평민 열녀이기 때문에? 천민 열녀도 있지 않은가! 그도 아니라면 「산유화가」를 남겼기 때문에?

향랑의 사연이 연민과 동정심을 자아내는 이유는 그녀의 선택이 실존적 고민의 결과이기 때문이리라. 향랑은 가족 그 누구한테도 사랑받지 못한, 그야말로 거추장스러운 인간이었다. 계모에게는 보기 싫은 의붓딸이요, 칠봉에게는 못생기고 정 안 가는 마누라요, 외삼촌에게는 데리고 살기 힘든 조카딸이었다. 어디서도 환대나 위로를 받지 못하고 상처투성이가 되었다. 남편의 학대는 이유의 하나에 불과하고, 모두가 자살의 방조자다. 하늘 아래 누구도 그녀에게 따뜻하지 않았다. 가까이는 가족, 나아가서는 사회가 그랬다. 「산유화가」에 그녀의 절대적 고독이 묻어 나온다. 향랑은 삶에의 욕망이 간절하여 시집 울타리 밑에 거적이라도 치고 살고자 했다. 스스로를 멸시하면서까지 억척스럽게 발악했지만 모두들 그 몸부림을 무시했고, 사후에도 그 몸부림을 호도했다. 열녀라는 허울 좋은 이름으로 말이다.

향랑의 사연을 읽다 보니 자연스럽게 현재 우리 사회에 유행하는 병리 현상 자살에 걱정이 미친다. 자살을 선택한 사람의 나약한 판단 실수를 지적하는 것은 옳다. 하지만 출구도 없고, 소통이 가로막힌 사회에서 유행하는 자살은 결코 개인만의 문제가 아니다. 향랑을 떠올리면 우리 사회의 우울한 자화상을 보는 듯 개운치 않은 느낌이 든다. 향랑은 자살 직전 아이들에게 이렇게 마지막 넋두리를 했다고 한다.

"나는 지하에 돌아가 내 어머니를 만나 이 온갖 원한을 말할 테다."

어머니가
드신
소라

귀유광의 가족 사랑

조선 시대 문인들은 명(明)나라 작가에 대해서 그리 우호적이지 않았지만 귀유광(歸有光, 1506~1571)이란 산문가에 대해서만은 비교적 호감을 보였다. 인생의 대부분을 황량한 강가, 쓸쓸한 시장 구석에서 학생을 가르치며 보낸 귀유광은, 국가를 경영하고 심성을 수양하는 고담준론을 펼치지 못하고, 주로 시골의 이름 없는 사람들이나 가족과 친지들을 위한 글을 썼다. 부귀를 누린 사람에게 헌정하는 들뜨고 요란한 글을 쓰기보다는 평범한 인물의 사소한 일상을 진지하고 애정 어리게 다루었다. 그의 글은 고담준론에 식상한 독자들이 사랑하지 않을 수 없었다.

어려서부터 사랑하는 가족과의 이별을 숱하게 겪은 귀유광은 단란했던 지난날의 행복과 사랑이 떠나고 남은 빈자리를 자주 묘사하였다. 먼 과거사를 회상하듯이 무심하게 묘사하는 산문에서는 통곡보다 더한 슬픔을 추스르는 한 남자를 발견하게 된다. 자기 어머니, 자기 아내에 관한 내밀한 가정사와 자신의 비밀스러운 내면을 산문이란 엄숙한 글에 쓰기란 쉬운 일이 아니다. 하지만 가정이란 작은 울타리 안에서 이루어지는 사랑을 진정(眞情)을 갖고 묘사하여 공감을 자아낸다.

여덟 살 때 죽은 어머니에 관한 추억을 성인이 되어 기록한 「선비사략(先妣事略)」이란 글에서 그는 여덟 명의 자식을 연년생으로 낳아 기르느라 지친 어머니의 모습을 가장 먼저 떠올린다. 그는 이렇게 썼다.

동생을 낳았을 때 어머니는 다른 자식들보다 더 힘들여 젖을 먹이셨다. 그러나 자주 이맛살을 찌푸리며 하녀들에게 말하곤 하셨다. "내가 자식이 많아 괴롭다."라고. 그때 한 노파가 물잔에 소라두 개를 담아 드리며 "이것을 마시고 나면 임신이 잦지 않을 거예요."라고 했다. 어머니는 잔을 들어 남김없이 삼키셨고, 벙어리가되어 말을 하지 못하셨다.

피임법이 없어 매년 아이를 낳기에 지친 어머니가 노파가 내민 소라를 망설이지 않고 먹은 뒤 중독되어 벙어리가 된 장면은 자못 충격적이다. 분별없이 한 어머니의 행동에 대해 그는 그럴 수밖에 없었다고 옹호하는 듯하다. 지난날에는 어머니를 현모양처로 묘사하지 않은 글이 없는데, 그런 것은 안중에 없다. 여성으로서 겪는 어머니의 고통에 대한 연민이 이 삽화에서 생생하게 다가온다.

죽은 아내를 소묘한 몇 편의 글은 한결 서정적이다. 집 구석구석에서 죽은 아내의 흔적을 찾아내어 묘사하되 슬픔을 겉으로 드러내지 않는다. 한화(寒花)란 아내의 몸종이 죽었을 때 쓴 글에서도, 서재로 쓰는 낡은 문간방에 붙인 글에서도 아내를 떠올리는 인상적인 장면으로 끝을 맺는다.

하루는 날씨가 매우 추웠는데 불을 지펴 삶아 익힌 올방개를 한화가 껍질을 벗겨 그릇에 담고 있었다. 내가 밖에서 들어오면서 그것을 가져다 먹으려 하자, 한화가 들고 가 버리고는 주지 않았다. 아내가 이를 보고 웃었다. 아내는 항상 한화에게 작은 탁자 옆에 기대어 밥을 먹게 했는데, 밥을 먹으려 할 때 눈치를 보느라 한화의 눈동자가 천천히 움직이는 것을 보고, 아내는 또 나를 가리키며 우습다고 했다. 이때를 돌이켜보니, 어느덧 10년이 훌쩍 지났구나. 아! 서글플 뿐이로다.

나는 바깥일이 잦아지면서 서재에 자주 거처하지 못했다. 마당에는 비파나무 한 그루가 서 있는데, 내 아내가 죽던 해에 손수 심은 것이다. 이제는 벌써 울창하여 우산처럼 우뚝 서 있다.

한화를 보내는 때에도 10년 전 아내의 모습이 거듭 떠오른다. 마당에 서 있는 비파나무를 글의 마지막 대목에 놓음으로써 아내에 대한 그리움이 영원히 사라지지 않을 것 같은 여운을 남긴다.

그의 산문을 읽노라면 잔잔한 여운을 남기는 장면들이 오버랩되는 흑백 영화를 보는 느낌이다. 가족간에 주고받은 짧은 행복과 사랑의 슬픈 잔영을 남기는 귀유광의 산문은 500년 동안 독자들에게 가족 사이의 소중한 사랑을 확인시키며 널리 읽혔다. 아내를 비롯한 가족간의 사랑을 다루는 데 서툴거나 잘 다루지 않던 시기에 귀유광은 역으로 가족을 그리는 사연을 진실한 감정에 기대어 묘사함으로써 지극히 사적이고 개인적인 인생사도 빼어난 문학이 될 수 있다는 가능성을 열어 놓았다. 조선 시대의 우리 독자들이 그의 산문에 유달리 호감을 지닌 이유도 여기에 있을 것이다.

우물에
떨어진
빗방울

여자의 일생

제 신세는 떨어지는 빗방울 같아서
어떤 것은 우물에 떨어지고
어떤 것은 꽃밭에 떨어지죠.

베트남 옛 민요의 한 구절이다. 가혹한 운명에 휩쓸리거나
비정한 인간에게 휘둘리는 인생을 슬퍼하는 비애가 느껴지는
노래다. 빗방울 같은 여자의 신세는 감당할 길 없는 불행을 겪
은 지난날 여성의 자탄사(自歎辭)처럼 들린다.
　베트남 최고의 고전 소설이라는 『취교전(翠翹傳)』이 출판되었
기에 흥미를 갖고 읽어 보았다. 베트남어로 '투이·끼에우·쭈엔'
이라 부르는 이 소설은 우리의 『춘향전(春香傳)』에 걸맞은 위상
을 지닌 작품으로, 우리로 치면 정조·순조 연간에 활동한 완

유(阮攸, 1766~1820)가 중국 소설에 바탕을 두어 운문으로 창작하였다. 빼어난 미모와 재능을 지닌 취교라는 여주인공이 겪는 파란만장한 인생을 묘사한 일종의 시소설(詩小說)이다. 소설을 읽다 보니 자꾸만 여성 주인공의 고난을 다룬 우리의 소설 『사씨남정기(謝氏南征記)』나 『심청전(沈淸傳)』, 『춘향전』과 오버랩되었다. 하지만 취교의 고백적 인생 서술과 고결한 내면은 한결 더 감동적이고 현실감 있게 다가온다.

김중(金重)이란 남자와 사랑을 약속하고 헤어진 취교는 집안이 몰락하자 자신의 몸을 팔아 집안을 구한다. 이후 취교는 사창가로 팔려 가고 거기서 도망치다 붙잡혀 갖은 고초를 겪는다. 몸을 파는 취교를 사랑하는 유부남을 만나 나누는 행복도 잠시, 그 본처의 간계에 빠져 종이 되어 온갖 고생을 한다. 다시 서해(徐海)라는 반란군 우두머리의 부인이 되었다가 서해가 패하자 물에 투신하나 구조되어 결국에는 김중을 만나는 것이 큰 줄거리이다.

간단히 말하자면 이 작품은 취교의 15년간에 걸친 불행한 인생 탈출기이다. 소설은 온통 취교의 불행과 그 불행한 삶으로부터 벗어나려는 몸부림에 초점을 맞춘다. 취교의 삶은 독자로 하여금 깊은 연민의 정을 갖게 하고, 재능 풍부한 한 여성을 농락하고 괴롭히는 타락한 사회와 사악한 인간들의 소행은 증오심을 불러일으킨다. 하지만 불행으로부터 반전되는 기회를 얻을 때도 취교는 자신을 괴롭힌 운명과 인간에게 속 시원하게 앙갚음하지도 않는다. 자신의 불행을 통해 인생은 그렇게 타락할 수밖에 없다는 것을 사람들에게 말해 주려는 듯하다. 또 취교는 자신을 사창가에 팔 때부터 일의 고비마다 스스로를 희생함으로써 불행을 벗어날 기회를 잃곤 하는데, 이는 독자의 가슴을 아리게 한다. 그렇다 보니 취교의 삶은 비슷한 시기에 나온 뒤마의 소설 『춘희』의 여주인공 마르그리트 고티에의 삶과도 유사하다. 동서양과 민족의 차이를 막론하고 이렇게 비슷한 작품이 창작된 것은, 한 여인의 인생이 짓밟히는 이야기가 흥미로워서일까? 아니면 실제로 이러한 운명의 여성이 많아서일까? 지금도 기구한 운명에 우는 사람이 많은 것을 보면 후자의 경우도 적지 않았을 것이다.

소설의 마지막 대목은 이렇다.

하늘이 어찌 누군가를 편애하여
재능과 운명 둘 다 풍부하게 하겠는가?
재능이 있다고 어찌 재능에 기대리요?
재(才)와 재(災)는 같은 운(韻)인 것을.
각자의 업을 걸머지고 가는 것이니
하늘이 가깝다 멀다 책하지 말아야 하리.

인생에서 겪는 불행을 하늘 탓으로 돌리지 말자는 달관의 심경이 보인다. 감당하기 힘든 고단한 인생을 겪고서 그동안 짊어진 무거운 짐을 홀가분하게 내려놓으려는 태도다. 한없이 나약한 듯하나 더없이 강인하다.

『남사(南史)』란 역사책에는 이런 구절이 보인다.

인생이란, 비유하자면, 꽃나무에 꽃이 함께 피었다가 바람에 흩날려 떨어지는데 어떤 꽃잎은 주렴에 스쳐 비단 보료 위에 떨어지고, 어떤 꽃잎은 울타리에 막혀 똥구덩이에 빠지는 것이다.

빗방울이나 꽃잎이 어디로 떨어질지 알 수 없는 것, 그것이 인생의 일면이기도 하다.

아침은
언제
오는가

이학규와 윤이 엄마

이학규(李學逵)란 옛 문인이 있다. 낯선 이름이다. 높은 벼슬
은커녕 낮은 자리 한번 맡은 적 없다. 작품이 널리 소개된 적도
없고, 문학사에서 주요한 작가로 대서특필된 일도 없다. 그렇지
만 19세기의 시사나 산문사에서 그 이름을 빠트릴 수 없는 숨
은 작가다.

그런 이학규의 산문을 간추려 번역한 산문집을 읽고 나니
그가 겪은 불행의 깊이와, 고통을 삭이며 자신을 다독인 쓰린
심경에 새삼 처연한 느낌이 몰려든다.

이가환(李家煥, 1742~1801)의 조카로서 친척에 천주교 신자가
있었다는 이유로 그는 경상도 김해에서 무려 24년간이나 유배
를 살았다. 가정은 풍비박산 나고 아내와 자식, 어머니는 차례
로 고향집에서 죽어 갔다. 그는 낯선 타향에서 고독과 고뇌에

몸서리쳤다. 인간으로서 감당하기 힘든 고통을 그나마 위로해 준 것은 창작이었다.

"우리 같은 존재가 하루라도 시를 안 지을 수 있으리오? 시라도 짓지 않는다면 무슨 수로 이다지 허구하게 긴긴 날을 견디며 보내리오?"

그는 저주받은 인생을 창작하는 행위로 위안했다. 그러니 남들처럼 아름다운 풍경을 묘사하고, 여유로운 심경을 드러낸 시와 문장을 쓸 수는 없는 노릇이었다.

"남쪽으로 유배 온 이후 10년 동안 눈앞에는 마음에 드는 사람이 없고, 가슴에는 마음에 드는 일이 없었네. 눈과 가슴이 머무는 곳에 마음에 드는 것이 없으니 마음에 드는 시를 어떻게 쓰겠는가?"

이렇게 반문할 만도 했다. 그의 항변처럼 지금 읽어도 그의 시와 산문에는 고통과 슬픔이 넘쳐난다.

그렇게 불행한 삶에서 건져 올린 슬픈 사연의 글들이 심금을 울린다. 특히 가족의 죽음을 지켜보며 쓴 문장 여러 편은 어느 것 하나 가슴 저미는 사연 아닌 것이 없다. 그의 산문을 읽는 사람은 자신도 모르는 새 그가 겪은 고통과 슬픔에 전염될 것만 같다. 무엇보다 15년간이나 생이별한 부인을 한 번도 재회하지 못하고 결국 사별하고 쓴 「이 아픔, 어찌 말로 다하랴」가 그렇다. 그러나 좋다. 더 애절하여 깊은 연민을 자아내는 글은

「윤이 엄마」다.

사연은 이렇다. 아내와 사별한 이학규에게 이웃 사는 노파가 근처에 홀로 사는 평민 여자 강씨를 소개시켜 주었다. 정식 결혼도 채 하지 않은 듯, 강씨는 아내 겸 식모로 이학규와 살았다. 강씨 역시 불행이라면 이골이 난 여자. 그녀는 이렇게 말한 적이 있다.

"한 살이 되기 전에 병에 걸렸어요. 젖도 못 먹고 매도 많이 맞았어요. 어른이 된 지금도 어린애처럼 캄캄한 밤은 무서워 겁이 나고 두려워요."

아무도 그녀를 돌보지 않았다. 홀로 살던 그녀에게 이학규는 넘볼 수 없는 고귀한 신분의 서울 남자였다.

"당신을 믿고 의지할 터이니 배필로 맞아 준다면 주인처럼 모시겠어요."

강씨는 이학규를 상전처럼 받들었다. 그러나 지지리 복도 없는 여자 강씨는 첫아이를 낳고서 아흐레 만에 세상을 떴다.

이학규는 강씨를 묻고서 무덤 앞에 술 한 병, 고기 한 접시를 놓고 자작하다가 그녀가 잠든 곳을 향해 말을 걸었다. 점잖은 한문으로 제문을 지어 영혼을 달래는 것이 양반의 관례였지만 그는 그저 말로 할 수밖에 없었다. 글자 한 자 모르는 강씨가 알아듣도록 하기 위한 배려였다. 살아 있을 적에는 터놓지 못한 가슴 저린 사연을 넋두리처럼 토해 놓았다. 마지막 대목은 이렇다.

예전에 내가 당신에게 말했지.
당신이 아이를 낳으면 윤이라 부르겠다고.
당신이 바로 윤이 엄마요.
당신은 글자를 모르니 글자로는 쓰지 않을 거요.
"윤이 엄마!"라고 부르기만 하면 "나 여기 있어요!"라고 대답하오.

어둠을 무서워하는 강씨가 촛불도 없는 칠흙같이 깜깜한 지
하에서 곁에 아무도 없이 누워 있을 것이 너무도 가여워서 꿈
에라도 자주 찾아오라고 당부도 했다.

이 글을 읽고 나니 이학규에게 느끼던 연민의 정이 자연스럽
게 강씨에게 옮겨 간다. 문학은 불행을 경험한 인간의 처지를
증언해 왔지만 강씨와 이학규의 이야기는 어떤 사연보다도 가
슴 아프다.

이학규의 글은 '마음에 드는 시'를 짓고 싶어 하던 한 사대부
시인의 고통에 찬 삶을 고스란히 보여 준다. 몹시 개인적인 체
험임에도 두루 공감할 수 있는 고통의 기록이다. 그렇다고 고통
과 절망에 좌절하여 생을 포기했을까? 글을 보면 그는 살기 위
해 몹시도 노력을 기울였다.

"우리 같은 존재에게 없어서 안 될 것이라곤 오직 망상(妄想)

한 가지뿐이지요."

그는 망상을 통해서라도 고통을 이겨 보려고 했다. 고통을 이기는 방법을 고안하여 「아침은 언제 오는가」라는 글도 지었다. 그 글에서 자신보다 더한 고통을 겪는 사람을 떠올림으로써 거듭 찾아오는 고통을 잊고자 했다.

"수심이 찾아올 때에는 가화(家禍)를 입은 사람을 떠올리자. 피붙이는 벌써 모두 죽임을 당했고, 가산은 보이는 대로 몰수되어 사라졌다. 게다가 자신은 노비가 되어 외딴 변방에 유배된 신세. 지난날 즐겁게 웃으며 노닐던 일들을 돌이켜 생각하니 가슴과 창자를 칼로 도려낸 듯 눈물이 먼저 솟구친다."

수심이 찾아올 때 자기보다 더 큰 고통을 겪는 사람을 떠올렸으나 그가 바로 자기 자신이다. 행복했던 시절을 돌이켜 생각하면 가슴과 창자를 칼로 도려내는 듯하다. 그가 남긴 글들을 통해 우리는 그가 고통을 잊으려 노력한 모습을 볼 수 있지만, 그런 노력이 실제로 효과가 있었을 것 같지는 않다. 하기사 그가 겪은 고통이 쉽게 해결될 성질은 아니었다. 아픔이 그로 하여금 누구보다 인생의 깊은 고뇌를 표현하고 하층 계급 사람의 힘겨운 삶을 애절히 드러내게 했다. 가식 없는 고뇌와 우수의 문학을 산출한 것이 그의 불행이 그의 인생에 베푼 유일한 선물이었다고 한다면 틀린 말일까?

가을의 노래

정학연의 슬픈 가을

'미인상춘(美人傷春) 지사비추(志士悲秋)' 즉 '미인은 봄날에 가슴 아프고, 지사는 가을을 슬퍼한다.'라는 말이 있다. 조락의 계절에 한번쯤 우수에 젖지 않는 인간이 있겠는가마는, 지사는 유독 가을을 슬퍼하는 것을 당연하게 받아들였기 때문에 특별히 가을의 우수와 애상을 노래한 한시 작품이 많다. 조선 시대에는 아예 가을을 주제로 한 연작시를 즐겨 창작하기도 하였다. 조선조 최고의 시인이라 불리는 자하(紫霞) 신위(申緯, 1769~1845)의 「추류시(秋柳詩)」 연작이 대표적인 예일 것이다.

유산(酉山) 정학연(丁學淵, 1783~1859)이 가을을 노래한 연작 시집을 얻어 보았다. 유산은 시를 적지 않게 창작했지만 번듯한 그의 시집을 구해 보지 못하여 안타까움에 갈증이 날 지경이었다가 반갑게 시집을 읽었는데 참으로 처연한 느낌이 들지 않을 수 없었다.

그는 이상하게도 가을벌레, 가을꽃, 가을 풀, 가을바람, 가을비, 가을 등불, 가을 선비, 가을 달을 주제로 각기 열 수씩을 썼고 가을 버들에 대해서는 스무 수를 써서 모두 백 수에 달하는 작은 시집을 엮었다. 한이라도 맺힌 듯 온통 가을을 슬퍼하는 내용을 아홉 가지 주제에 모아 놓았다. 이것은 평범한 일이 아니다. 이 연작시를 살펴보니 젊은 시절의 작품이 아니라 나이 61세에 쓴 것이었다. 그 가운데 한두 편은 이러하였다.

> 총총히 흘러간 60년 세월이여
> 눈썹 찌푸리고 몸 마르던 일 몇 번이나 겪었던가?
> 자하옹(紫霞翁)이 부채에 써 준 시구에는
> 이 몸이 가을 버들이요, 버들이 나라고 했네.
>
> 忽忽六十一年春　幾見眉腰遞瘦顰
> 拈出霞翁題扇句　是身秋柳柳如人

가을날의 버들을 읊은 시이다. 괴롭던 인생사를 겪고 나니 잎 떨어진 가을날의 버들처럼 앙상해졌다는 한탄을 담고 있다.

> 십 리 길은 아낙네들 답청 놀이하던 곳
> 다리 앞을 지나면 바로 술집이었지.

지금은 제비 끊기고 소가 돌아오는 길
황혼에 젓대 소리는 차마 듣지 못하겠네.
十里裙腰舊踏靑　畫橋南去是旗亭
只今燕沒歸牛路　一笛斜陽不忍聽

　가을 풀을 노래한 시이다. 아낙네들이 답청 놀이를 하고 술
마시던 봄 풍경이 쓸쓸한 경물로 바뀌었음을 슬퍼하고 있다.
　그는 어째서 이렇게 쓸쓸한 가을을 시의 소재로 삼았을까?

　　굴원(屈原)이도 아닌 내가 이 가을을 어이 견디나?
　　60년 세월 동안 눈물 너무 흘렸구나!
　　人非正則何堪此　六十年來淚已多

　　봄바람이 더 멋지다고 말하지 말라!
　　한 많은 사람 마음은 가을과 같을 뿐.
　　莫道春風更駘蕩　恨人心緒只如秋

　이런 구절에서는 육십 평생의 눈물 많은 세월이 가을에 대
한 슬픔을 키워 왔다고 말하고 싶어 한다. 혹시 다산의 아들로
서 폐족(廢族)이 된 처지가 그 눈물을 자아낸 것은 아닐는지?
　다산은 강진에서 아들 유산에게 자주 편지를 보내 폐족이

되었으니 농사와 학문에 힘쓸 것이요, 풍월이나 읊는 시인이 되지 말라고 당부하였다. 시를 쓰더라도 세상을 걱정하는 시를 쓸 뿐 자기 자신의 이해에만 연연하는 시, 음풍농월에 불과한 시를 쓰지 말라고 거듭 당부하였다. 하지만 다산의 당부와는 다르게 정학연은 이만용(李晩用), 홍현주(洪顯周) 등 많은 시인 묵객들과 어울리며 동시대 시단을 주도하는 시인으로 활약하였다. 가을을 읊은 감상적인 시를 보노라면 전망을 상실한 노시인의 암울한 감상이 느껴져 우울한 마음이 든다.

불우한 사연을
간직한 책

임춘의 『서하집』

문인이라면 누구나 자기 작품이 먼 후세까지 전해져 읽히기를 소망한다. 설령 살아 있을 때에는 동시대인들에게 인정받지 못했다손 치더라도 후세에 재평가를 받는다면 정력을 바쳐 작품을 쓸 의욕이 넘칠 수 있다. 지난날 우리 역사를 보면, 위대한 문인으로 평가받는 사람들의 작품이 전해지지 않는 경우가 너무도 많다. 가까운 20세기 작품조차 전하지 않은 것이 있을진댄, 고려와 조선 시대의 작품이 전하지 않는 것쯤이야 말할 나위도 없다. 그나마 전해지는 작품 가운데에는 순탄치 않게 신비한 과정을 거쳐 현재의 모습으로 전하는 것들이 적지 않다. 십여 종을 넘지 않는 고려의 문집 가운데 우여곡절과 시련 끝에 전하는 것이 있다.

고려 중엽의 문인 임춘(林椿)은 『서하집(西河集)』이라는 문집을 남겼다. 승려의 문집을 제외한다면, 현재 전하는 문집 가운데 통일 신라 때 나온 최치원(崔致遠)의 『계원필경(桂苑筆耕)』 다음으로 오래된 문집이다.

명문 귀족 출신으로 빼어난 문장 솜씨를 지닌 임춘은, 20대에 문신들이 무자비하게 살육된 무신란(武臣亂)을 만났다. 임춘은 겨우 목숨을 부지하였다가 정세가 호전된 뒤에 과거를 보았다. 그러나 그는 훌륭한 실력을 갖추었음에도 번번이 불합격했다. 불행의 연속 속에서 그는 자신의 불우함을 노래하는 시를 많이 지었다.

> 기구한 10년 세월 세상 먼지 뒤집어쓴 채
> 조물주 어린놈의 시기를 내내 받고 있네.
> 十載崎嶇面搏埃　長遭造物小兒猜

오만한 심사와 자탄의 심정이 교차하는 이 한 구절에서도 느낄 수 있는 것처럼, 그는 불우한 인생을 살다 마침내 뜻을 펴지 못한 채 죽고 말았다.

사후에 친구이자 저명한 문인인 이인로는 문집을 여섯 권으로 편찬해 주었고, 또 이인로가 죽은 뒤에 최고 권력자인 최우(崔瑀)가 1222년 『서하집』을 간행하였다. 비록 세속적 성공을 거두지는 못한 임춘이었으나 그의 빼어난 문학은 모두가 인정했기 때문에 그들이 앞장서 편집과 간행을 해 주었다. 문집이 간행된 이후 임춘은 고려를 대표하는 문사로 인정받게 되었다. 그러나 그것도 잠시 몇 백 년을 거치면서 이 문집은 세상에서 완전히 자취를 감추었다. 그로부터 500년이 지난 뒤 기묘한 사연을 가지고 『서하집』 초간본이 다시 세상에 출현하였다. 사연은 이렇다.

경상도 청도군에는 운문사(雲門寺)란 유명한 사찰이 있다. 지금도 비구니 사찰로 고고한 자태를 뽐내는 고찰이다. 조선조 효종 임금 시절인 1656년, 이 절을 지키는 인담(印淡)이란 승려의 꿈에 우연히 어떤 도사가 나타났다. 그 도사가 근처의 약야계 골짜기를 가리키며 저기를 파 보면 희세(稀世)의 보물을 얻을 것이라고 하였다. 잠에서 깬 인담이 그곳을 파자 도사의 말대로 청동 탑이 나왔다. 탑 안에는 동해(童海)라는 구리 항아리가 들어 있었는데, 놀랍게도 그 안에 『서하집』 초간본이 온전하게 갈무리되어 있었다.

더욱이 신기하게도 청동 탑 주인의 이름이 그 승려의 이름과 앞뒤 글자만 바뀐 담인(淡印)이었다. '담인'이 넣은 『서하집』을 '인담'이 발견했다니! 우연의 일치라고 하기에는 너무도 기막히지 않은가? 탑과 항아리는 운문사에 맡겨졌고, 세상에 나온 책은 청도군에 사는 선비 이하구(李夏耉)가 입수하여 간직했다.

그러나 이 책이 세상에 알려지기 위해서는 신유한(申維翰,

1681~?)과의 만남을 기다려야 했다. 우연하게 청도에서 이하구와 사귀게 된 신유한은 이 희귀한 문집을 얻어 보고 또 책의 발굴에 얽힌 기이한 사연을 듣고는 놀라지 않을 수 없었다. 신유한이 누구인가? 경상도 출신의 이름 없는 서얼 문인으로서 1712년 서울에 올라와 문과에 장원으로 급제하여 일약 문단의 명사로 급부상한 사람이었다. 문장에 뛰어나 장원 급제까지 했으나 경상도 태생의 서얼 출신이라는 것 때문에 한평생 미관말직만을 전전해야 했다. 신유한은 서울에서 머물 때 우연히 임춘의 후손인 홍양진장(洪陽鎭將) 임재무(林再茂)를 만나게 되었다. 그가 임춘의 후손임을 알고 사연을 전하자, 임재무는 자리에서 일어나 절하고 눈물을 흘리며 감사를 표하였다.

선조의 문집을 얻은 임재무는 간행을 서둘렀고, 당시 서울 장안의 사대부들은 자취를 감추었던 『서하집』의 출현에 모두 놀라며 간행을 도왔다. 효종의 부마 정재륜(鄭載崙)을 비롯한 수백 수천 명의 식자들이 자발적으로 간행비를 보조하였다. 드디어 다음해인 1713년 초간본 원형을 그대로 살린 책이 간행되었다. 운문사에서 문집이 발굴된 지 거의 60년 만의 일이었다. 문집에 얽힌 사연을 들은 사람들은 모두 "천지귀신도 『서하집』을 아낄 줄 아는가 보다."라며 감탄했다.

한 문사의 불행한 생애는 사후 500년 뒤에 보상받았고, 그 기이한 사연은 인구에 회자되었다. 사람들은 이름의 앞뒤 글자

보물 제208호인 청도군 운문사 동호(銅壺) 사진. 이 구리 항아리에 임춘의 문집 『서하집』이 담겨 있었다. 그 명문에 동호가 '동해(童海)'라고 쓰여 있는데, 동해는 곧 동이의 옛말이다.

가 바뀐 인담과 담인의 기연(奇緣)에 흥미를 느꼈다. 하지만 『서하집』이 다시 햇빛을 보기까지 신유한이라는 문사의 노력이 결정적이었음을 기억하지 않을 수 없다. 신유한은 불우한 문사로서 겪는 비애의 감정을 임춘의 문집을 간행함으로써 달래고자 하였다. 그래서 "이 문집이 출현한 데는 내가 관련이 있기에 글을 잘 짓지 못한다는 핑계로 사양할 수 없다."라며 발문을 썼다. 그가 쓴 발문에는 이 책의 출현과 간행에 얽힌 기이한 인연과 과정이 상세하게 적혀 있다. 지금도 운문사에는 문집이 들어 있던 구리 항아리가 잘 보존되고 있다.

오늘
내가 밟고 간
발자국

독수리와 꿀벌

우화가 들려주는 세상살이의 본질

꽃밭 주위에서 날개를 퍼덕거리는 꿀벌들을 보고 하루는 독수리가 비웃었다.

"누가 열심히 일하는지 게으른지 표도 안 나는데 무엇하러 그렇게 부지런을 피우나?"

그러자 꿀벌들이 웃으며 이렇게 말했다.

"날개 달린 짐승이라면 누구든 당신을 겁내고 장난꾸러기 목동조차 당신이라면 벌벌 떨지만, 그렇게 당신은 위대한 분이지만, 다만 한 가지를 모르고 계시는군요. 당신은 당신만을 위해서 살지만, 우리는 우리 모두를 위해서 살지요."

현실 속에서는 거의 만날 수도 없고, 비교조차 할 수 없는 독수리와 꿀벌이 나눈 대화다. 하지만 독수리와 꿀벌의 성질과

특징을 어렴풋이나마 아는 아이조차도 이 대화가 던지는 의미
는 분명히 안다. 우리 모두를 위해서 대가를 생각하지 않고 묵
묵히 일하는 꿀벌이 선량한 민중의 분신이요, 꿀벌을 비웃은
독수리가 힘세고 오만한 자의 분신임을.

　이 우화는 이반 크르일로프(1769~1844)라는 러시아의 우화
시 작가가 쓴 글의 한 대목이다. 그는 프랑스의 라퐁텐과 비견
되는 러시아의 위대한 우화 작가다. 우화에 심취했던 오래전에
그의 드높은 명성을 듣고 찾아서 읽어 보려 했으나 번역된 책
이 없어서 포기해야 했다. 중국어 번역본을 구한 일도 있으나
읽는 맛이 나지 않아서 팽개쳐 두었다가 우연히 몇 해 전에 번
역되어 나온 그의 『우화시』를 발견하고 반가운 마음에 사서 읽
었다. 과연 기대하던 대로다. 날카로운 풍자와 시적인 문체가,
장식적인 문체를 구사하는 라퐁텐의 우화와는 다른 독특한 맛
을 선사한다.

　「여우와 당나귀」에서 숲에서 군림하던 사자가 늙어 기력이
쇠하자 이제는 동물들이 사자를 두려워하기는커녕 하나둘씩
물어뜯거나 들이받는다. 그래도 두려움이 아직 남아 있던 여우
가 당나귀에게 걱정스레 물었다.

　"자네도 사자를 건드려 보았는가? 그래도 아무렇지도 않던
가?"

　그러자 당나귀가 이렇게 말했다.

"물론이지. 두려워할 게 무언가. 이 뒷발로 사자를 걷어차 주었네. 당나귀의 뒷발 맛이 어떤지 그 친구 지금쯤은 충분히 알았을 걸세."

통쾌한 복수의 이야기다. 우화에는 이처럼 권력자들의 탐욕과 부패에 대한 민중들의 분노와 비웃음이 등장하고, 위선적인 사회, 위선적인 인간의 약점과 치부가 교묘하게 드러난다. 그것은 물론 우화의 본질이기도 하다. 독수리나 사자처럼 위세를 부리다 상황이 반전되어 힘없는 미물에게 당하기도 하는 것이 세상사이다. 사자, 표범, 곰, 늑대, 뱀 같은 강한 포식자든 당나귀, 여우 같은 비열한 아첨꾼이든 그들의 감추어진 위선과 추악함은 폭로된다. 그의 우화 속에 완벽한 존재는 없다. 세상이란 사실 그렇다.

크르일로프 우화시를 읽고 나니 다산 정약용의 우화시가 떠오른다. 다산은 「솔피 이야기[海狼行]」를 비롯한 빼어난 우화시를 많이 창작했다.

큰 고래는 한입에 물고기 천 섬을 삼켜서
큰 고래 한번 지나가면 물고기 씨가 마르지.
물고기 차지 못한 솔피는 고래가 미워서
고래를 죽이려고 모략을 짜내었지.
한 떼는 고래 머리 들이받고

한 떼는 고래 뒤를 에워싸고
한 떼는 고래 왼쪽 엿보고
한 떼는 고래 바른편 치고
한 떼는 잠수하여 고래 배를 치받고
한 떼는 뛰어올라 고래 등을 올라타네.
상하사방 일제히 덤벼들어
살을 찢고 물어뜯어 잔인하기 짝이 없네.

長鯨一吸魚千石 長鯨一過魚無跡
狼不逢魚恨長鯨 擬殺長鯨發謀策
一群衝鯨首 一群繞鯨後
一群伺鯨左 一群犯鯨右
一群沈水仰鯨腹 一群騰躍令鯨負
上下四方齊發號 抓膚齧肌何殘暴

　솔피고래 또는 범고래가 저보다 훨씬 큰 고래를 잔인하게 죽이는 장면을 묘사했다. 강진에 유배 간 직후에 쓴 이 시는 어부를 통해 바다의 무법자 솔피고래의 횡포를 자세하게 듣고서 썼다. 중앙 정계에서 벌어지는 간교한 모략과 피비린내 나는 투쟁을 자연계의 실상을 통해 은유한다.

　다산과 크르일로프는 몇 살 차이밖에 나지 않는다. 두 시인은 암울하고 부패한 시대를 서로 다른 환경에서 살면서 쏟아내고 싶은 말을 에둘러 표현했다. 그들의 우화는 각자가 살아간 현실의 본질을 날카롭게 파헤쳤다. 크르일로프는 「사중주」에서 이렇게 말했다.

"해답은 껍데기에 있지 않고 본질에 있다."

오래된 우화가 오히려 세상살이의 본질을 직선적으로 보여준다.

오늘
내가
밟고 간
발자국

이양연과 눈길

　겨울에 일본 동북 지방의 도시 센다이에서 국제학술모임을 갖고 왔다. 함께 참석한 일본인 교수는 눈이 많이 내리는 곳인데도 이번 겨울에는 첫눈도 오지 않아 눈이 쌓인 장관을 구경시켜 주지 못한다며 아쉬워했다. 한 해가 끝나 가는데 한국서도 아직 첫눈을 보지 못했다. 세상은 반목과 갈등으로 1년의 세월을 보내고 화해의 약속도 하지 않았는데 해가 저물고 있었다. 허전함과 삭막함이 가슴을 채우니 눈이라도 푸지게 내린 어딘가로 가서 며칠 지내고 싶었다.

　눈을 기다리다 보니 「야설(野雪)」이란 시가 떠오른다.

　　눈밭을 뚫고 들판 길을 걸어가노니
　　어지럽게 함부로 걷지를 말자.

오늘 내가 밟고 간 이 발자국이

뒷사람이 밟고 갈 길이 될 테니.

穿雪野中去　不須胡亂行

今朝我行跡　遂作後人程

순조 연간의 시인 이양연(李亮淵, 1771~1853)의 작품이다. 김구(金九) 선생이 애송하면서 서산대사(西山大師)가 지었다고 잘못 말하는 바람에 수많은 분들이 작자를 잘못 알고 있다. 김구 선생은 들판에 내린 눈 위에 찍어 가는 발걸음에서 우국지사의 정신을 읽으셨으리라. 드넓은 벌판을 헤치며 좌고우면(左顧右眄)하지 않고 걸어가는 모습에서 갈등 많은 세상을 헤쳐 가는 묵직한 인생 행보를 읽는 것도 어색하지 않다. 지사가 아니라도 시에서처럼 눈길을 따라 걷는다면 복잡한 생각을 접고 가야 할 작은 길이 차분하게 떠오를 것만 같다.

눈이 내리는 아름다운 장면 하나쯤 경험하지 않은 사람은 없으리라. 영화는 또 어떤가? 나는 『수호전(水滸傳)』에 나오는 한 장면을 영화보다 훨씬 생생하게 상상할 수 있다.

9장과 그다음 장은 겨울을 배경으로, 80만 금군(禁軍)의 교두(敎頭)였던 표자두(豹子頭) 임충(林冲)이 날조된 죄를 뒤집어쓰고 억울하게 창주(滄州)로 유배되어 폭설 속에 고생하는 이야기이다. 임충을 죽이려고 고태위(高太尉)가 파견한 네 명의 자객이 그를 초료장(草料場) 관리인으로 삼고 그가 잠든 사이에 초료장을 불태울 계획을 짠다. 때는 마침 엄동설한이라, 폭설이 내려 추위에 떨던 임충이 술을 사려고 먼 주막까지 길을 나선다. 날은 춥고 어두운데 술병을 매단 긴 창을 어깨에 멘 채 폭설이 퍼붓는 길을 걸어간다. 술을 사 가지고 돌아오니 거대한 초료장은 눈의 무게를 견디지 못하고 무너져 내렸다. 그가 잠시 다른 곳에 피신한 사이 자객들은 임충이 안에 있는 줄 알고 초료장을 불태운다. 목초를 쟁여 둔 창고가 불길에 휩싸이고, 분노한 임충이 자객 넷을 죽이는 사건이 뒤를 잇는데 그사이에 눈은 갈수록 세게 퍼부어 대지를 하얗게 덮는다. 폭설 속에 음모와 분노, 살인과 복수가 벌어졌지만 눈은 인간들의 추태를 아랑곳하지 않고 뒤덮어 버린다.

임충이 긴 창끝에 술병을 매달고 폭설 속을 헤치며 가는 장면은, 명(明)나라의 한 비평가가 "이런 고생을 겪는 임충의 모습을 후세 대장부가 보게 된다면 차마 눈 뜨고 보지 못하고 마음 깊이 개탄할 것"이라고 말한 것처럼 비장미가 넘친다. 하지만 폭설 속에 불타는 초료장의 거대한 불길이야말로 훨씬 인상적이다. 폭설은 폭설대로 장엄하고, 불길은 불길대로 장엄한 이 장면은 불운에 좌절하지 않는 표자두 임충의 강렬한 분노와 의지를 선명하게 보여 준다. 중국의 문예 비평가 김성탄(金聖歎, ?1610~1661)은 이 대목을 두고 흥미롭게도 학질문자(瘧疾文

字)라고 평했다. 추울 때는 정말 춥고 더울 때는 정말 더운 학질처럼 추위와 더위, 냉혹함과 따뜻함이 함께 있다고 해서다. 우리의 세상살이도 학질의 모습이 있다.

겨울이 되면 가족들과 1년에 한 번쯤 가는 산골로 가서 지내려 한다. 장엄한 폭설은 바라지 않고 눈이 제법 내려 눈길을 걸어 볼 수 있다면 좋겠다.

미치광이 나라

심익운과 청렴한 선비의 비극

옛날 어떤 나라에 미치광이 샘이란 이름의 우물이 있었다. 그 우물물을 마신 사람 중에 미치지 않은 자가 없었다. 오로지 임금만이 다른 우물을 파서 마셨기에 홀로 미치지 않았다. 그러자 그 나라 사람들이 되레 임금이 미쳤다고 하며 모두들 임금을 붙잡고 병을 고치려 하였다. 뜸을 뜨고 침을 놓고 약을 들이대자 고통을 견디지 못한 임금은 미치광이 샘으로 달려가 물을 떠 마시고 함께 미쳐 버렸다. 그러자 나라 사람들이 왁자하게 모두 좋아하였다.

중국 역사책 『남사(南史)』에 등장하는 미치광이 나라, 광국(狂國)의 사연이다. 미치광이 나라에서는 제정신을 가진 사람이 미치광이다. 모두들 제정신을 놓아 갈 때 저 혼자서 정신을 차리고 있다면 따돌림과 질시의 대상이 되지 않을 수 없다. 미치광이 나라의 임금은 세상에 동화되는 길을 선택하였다. 그럼으로써 미치광이들로부터 당하는 따돌림의 고통에서 벗어날 수 있었다. 그것이 과연 올바른 선택이었을까? 끝까지 버티거나 남들을 제정신으로 돌려놓을 수는 없었을까? 지켜야 할 가치를 지키지 못하고 포기할 수밖에 없는 사회는 어떤 종류이건 저 미치광이 나라와 다름이 없다. 상상 속에나 있는 나라이니 설마 저런 세상이 있겠는가마는 내가 사는 사회가 그런 곳이라고 동감을 표한 식자들이 있다.

조선 영조 시절의 문인 심익운(沈翼雲, 1734~?)은 천재로 알려진 사람이었다. 소론 명문가 자제로 태어나 문과에 장원 급제하고, 세인의 주목을 받는 문사로 성장하였으나 파벌 싸움과 집안의 재앙에 연루되어 많은 사람들에게 지탄의 대상이 되고 관직에 임용될 자격을 영구히 빼앗겼다. 그는 한평생 양반 사회와 관료 사회에 대한 불평과 독설을 쏟아 놓았는데 그 가운데 이런 짤막한 글이 있다.

도철(饕餮 : 탐욕스럽고 흉악한 성질을 가졌다는 고대 전설 속의 동물)의 세상에서 청렴한 사람이 벼락을 맞아 죽었다. 먼 옛날 천제(天帝)가 뇌사(雷師)에게 명을 내려 천하 사람 중에서 악인 한 명을 골라 벼락을 쳐 죽이라고 하였다. 그런데 뇌사가 살펴보니 천하의 모든 사람이 탐욕스러웠다. 그렇다고 사람을 다 죽일 수는 없었다. 하는 수 없이 뇌사는 청렴한 사람을 악인이라 하여 벼락을 쳐 죽였다. 미친 사람이 사는 나라에서는 미치지 않은 사람을 미친 사람으로 여기는 것이 진리다. 참으로 심하다! 홀로 고고하게 살아가는 사람은 세상에 받아들여지지 못한다.

천제는 일벌백계(一罰百戒)를 통해 깨끗한 세상을 꿈꾸었을 것이다. 그러나 탐욕이 만연한 세상에서 과연 누구를 벌할 것인가? 차라리 청렴한 자를 없애서 선과 악, 청렴과 탐욕의 구별이 없도록 하는 것이 낫다. 뇌사는 악과 탐욕의 인간들끼리 다툼을 통해 세상이 굴러가도록 내버려 두는 길을 택했다. 미치광이 나라의 임금처럼 청렴한 사람도 일찌감치 도철 세상의 질서를 받아들였다면 벼락을 맞지 않았을지 모른다. 저 홀로 고고하게 버티다가 비극을 맞이하였다.

심익운은 자신이 벼락을 맞은 청렴한 사람이라고 생각하였을 것이다. 생각이 다르고 행동이 다르다 하여 미치광이로 몰아 옥죄는 타락한 세상을 향하여 쏘아 대는 분노와 암울함을 풍자하는 그의 독설에서는 벼락을 맞을지언정 부화뇌동하지 않겠다는 의지가 엿보인다.

대명세(戴名世, 1653~1713)란 명나라 말엽의 작가가 있다. 과거에 숱하게 떨어진 친구가 그에게 이번 시험에는 붙을 수 있을지 물었다. 그러자 대명세는 그런 기대는 아예 하지를 말라고 단념을 시키면서 이렇게 말했다.

"바닷가에 흑인들이 사는 나라가 있네. 살가죽을 비롯해 뼈와 치아까지 모두 옻칠을 한듯 검은 그 사람들은 섬 안에서 나체로 살았다네. 어느 날 얼굴이 하얗고 옷을 차려입은 사람이 나타나자 그들은 떼를 지어 몰려와 북을 두드리고 손뼉을 치며 비웃었네. 심지어는 눈을 감고 차마 쳐다보지 못하고서 물속에 숨는 자까지 있었네. 또 제(齊)와 노(魯)의 산지와 습지 지역에는 혹이 달린 병자가 많다네. 둥그렇게 큰 혹이 주렁주렁 목 아래까지 늘어져서 심한 사람은 허리를 덮기도 했네. 그들은 제 무리들을 모아 놓고 수군거리며 다른 사람들의 신체가 불구인 것을 안타깝게 탄식했다고 하네."

흑인의 나라에서는 백인이 괴물이고, 혹부리 마을에서는 혹 안 달린 사람이 불구자이다. 부정부패가 만연한 사회에서는 정직한 자가 내쫓긴다. 대명세는 냉소적으로 세상을 풍자했다.

그들이 내뱉듯이 세상이 그토록 암울하기만 하거나, 선하고 올바르고 윤리적인 사람이 적은 것은 결코 아니다. 선과 악, 옳음과 그름, 윤리와 비윤리가 뒤죽박죽이다. 정직하게 저 홀로 양심을 지키며 살아서 벼락을 맞을 것인가, 아니면 미친 나라의 샘물을 떠서 나눠 마시고 희희낙락 살아갈 것인가를 고민하지 않아도 되는 세상이라고 서슴없이 말하기가 망설여진다.

아버지의
시 한 편

지덕구의 효성

지금으로부터 200년 전 특이한 시집 한 권이 간행되었다. 1815년에 간행된 『계사유타(溪社遺唾)』란 책이다. 70여 장에 이르는 적지 않은 분량이지만 실제로는 한자로 스물여덟 자밖에 안 되는 절구(絶句) 한 편이 내용의 전부라고 할 만한 책이다. 편찬자는 지덕구(池德龜, 1760~?)로 아버지 지도성(池道成, 1738~1761)이 남긴 유일한 시 작품 한 편을 세상에 전하려고 이 시집을 만들었다. 아버지의 시를 제외한 나머지 작품은, 아버지의 친척과 친구 스물다섯 명이 그 시의 형식을 고스란히 빌려 써준 시 40여 편으로 부록처럼 실려 있다. 아버지를 뼈에 사무치게 그리워한 한 남자의 비원(悲願)이 서린 시집이다.

규장각 서리를 지낸 지덕구는 태어난 지 아홉 달 만에 아버지가 돌아가셨다. 아버지의 나이 24세였다. 형제 하나도 없이

오로지 어머니와 외삼촌만 의지하여 성장한 그는 일찍부터 글
솜씨를 보여 규장각 서리로 임명되었다. 아버지 얼굴을 보지 못
한 한을 품은 그는 스무 살에 우연히 아버지 친구인 김시벽을
찾아뵈었다가 뜻밖에도 다음과 같은 이야기를 듣는다.

"내가 자네 선친과 나이도 같고 친하기도 했는데 사는 곳도
필운대 금교(錦橋) 아래 같았네. 자네 선친께서 세상을 뜬 지도
벌써 19년 성상이 흘렀군. 자네 생김새를 보니 마치 선친을 보
는 듯하네. 선친께선 시를 즐겨서 작품을 지으면 반드시 보여
주어 내가 외운 작품이 많았네. 이제는 날이 갈수록 기억력이
감퇴하여 기억나는 게 아무것도 없네. 오로지 내게 준 시 한
수가 책자 틈에 쓰여 있네."

김시벽은 지덕구에게 절구 한 수를 건네주었다. 그 시는 이
랬다.

시냇가의 키 작은 울타리
찾는 이 없는 초가집은 종일 조용한데
주역 보는 창문에 드리운 푸른 그늘
오동잎에는 빗소리가 막 그쳤네.
短籬茅屋傍溪頭　盡日無人坐自幽
點易窓間沈碧影　梧桐葉上雨初收

고아하고 여유롭고 해맑은 시상이 엄습하는 시이다. 젊어서 돌아가신 아버지가 이 세상에 남긴 유일한 작품이었다. 시인이 되고자 했던 선친의 시를 보고 감격한 그는 눈물을 흘리며 그것을 가슴에 품고 집으로 돌아왔다.

아버지의 둘도 없는 유품을 받은 뒤로 26년의 세월 동안 그는 그 작품을 소중히 보관했다. 1804년 어느 날 그는 불현듯 자기 자신에게 물었다.

"선친의 흔적을 백에 하나도 수습하지 못한 것이 뼈에 사무친 나의 한이다. 요행히 이 하나를 얻었으나 이마저 사라져 세상에 알려지지 않는다면 자식 된 도리를 다했다고 할 수 있을까?"

그때부터 그는 시를 영구히 지킬 방법을 마련했다. 아버지를 기억하는 모든 사람들에게 똑같은 형식의 시를 짓도록 하고, 그것들을 모아 간행함으로써 선친이 시인이었다는 사실이 세상에서 지워지지 않도록 하는 것이었다.

우선 자신부터 똑같은 형식의 시를 두 수 짓고 세 아들에게도 짓게 했다. 막내는 너무 어려 8년 뒤인 1812년 열세 살 때에야 겨우 이런 시를 지었다.

우리 아버지 나를 불러 책상 앞에 오라시더니
남은 시편 알리고 싶다고 울면서 말씀하시네.

손으로 베끼는 고충을 어찌 저버리랴?
세세토록 전하여 잘 보관해야지.
我爺呼我進床頭　泣說遺篇欲闡幽
手寫苦衷能不負　傳之世世在藏收

아이다운 소감과 필치로 아버지의 비원에 공감하는 심경을 담아냈다. 그는 거의 10년 동안 아버지를 기억하는 친척과 친구를 차례로 찾아가 사연을 말하고 시를 얻었다. 모두들 40년 묵은 기억을 더듬어 감회 어린 시를 지어 주었다. 선친을 그렇게나마 기념하려는 아들의 청탁을 거부할 사람이 어디 있으랴! 그에게 감동한 김낙서란 사람은 이런 말로 격려도 해 주었다.

"황금이 있어 자손에게 준다 해도 자손이 꼭 쓴다는 보장이 없고, 이웃에게 맡겼다가 자손이 가져다 쓰게 한다는 것도 나는 못 믿겠네. 그러나 문장은 다르지. 쓰다 만 작품이나 편지 쪽지가 길에 버려지면 거지가 본다 해도 꼭 자손에게 돌려준다네. 게다가 작품을 간직했던 사람이 친구인 데다 작품이 아주 아름답지 않은가?"

이런 말을 한 것을 보면, 선친이 남긴 짧은 시 한 편을 부둥켜안고 옛 친구를 찾아다니는 지덕구가 한편으로는 대견하면서도 연민의 감정이 들지 않을 수 없었으리라.

지덕구는 그렇게 모은 작품을 온갖 정성을 기울여 직접 필

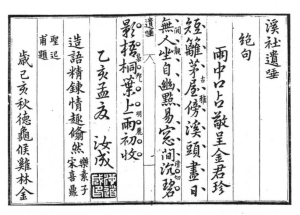

『계사유타』에 실린 지도성의 시. 그가 세상에 남긴 유일한 시 한 편으로 이 문집은 오로지 이 시를 빛내기 위해 만들어졌다.

사했다. 첫머리에는 아버지의 시를 본래의 모습 그대로 새겼다. 그는 간행을 서둘렀는데 여기에는 또 그럴 만한 의미가 있었다. 아버지가 시를 쓴 을해년(1755)의 60주년이 되는 을해년(1815)에 맞추고 싶었던 것이다. 하나 남은 작품이 얼마나 소중했으면 그리했을까 연민의 감정이 든다. 그래서 이 시집은 을해년에 빛을 보게 되었다. 시를 처음 받은 지 36년 만이고, 간행을 마음먹은 지 10년 만의 일이었다.

이 시집은 그 자체가 아름다운 책으로 손꼽힌다. 편집자의 정성이 묻어나는 책이다. 하지만 한 편의 시를 가지고 이렇게 풍성하고 멋진 책을 만든 것이 부담되었던 것일까? 책의 마지막에서 지덕구는 이렇게 덧붙였다.

"이 책을 보는 분들이 제 마음을 불쌍히 여길 뿐 사치하고 과장했다고 꾸짖지 말아 주십시오."

그의 말대로 책보다는 곳곳에서 묻어나는 지덕구의 아버지를 향한 그리움에 마음이 기운다.

시를
말하는
정치가

시인 이항복

정조 시절의 정치가인 목만중(睦萬中, 1727~?)의 글을 읽다가 다음과 같은 대목을 접했다.

예전 세상의 어진 사대부와 이름난 벼슬아치 가운데 시(詩)를 잘하지 못한 자들이 있던가? 세상에서 시를 말하지 않은 이후로 덕망과 업적이 옛사람을 훌쩍 능가하는 자가 사라졌다.

비록 전문적인 시인이라고 자처하지는 않을지라도 정치에 참여하거나 학문에 종사하는 사람들이 즐겨 시를 감상하고 창작했다는 엄연한 사실을 그의 글은 전한다. 그 시절에 벌써 이런 탄식이 나올 정도로 문학으로부터 지성인이 멀어졌다는 것이 의아하기만 하다. 현대의 정치인이나 학자들에 비하면 그 당시 사람들은 그야말로 문학도라고 할 만한데도 목만중은 그들의 무관심이 불만스러웠던 것이다. 백사 이항복의 문집을 읽고서 목만중의 탄식에 공감하지 않을 수 없었다. 허균(許筠)의 시집에 붙인 백사의 서문을 읽고 깊은 감명을 받은 적이 있어서, 그에 버금가는 시나 글이 적지 않으리란 기대를 걸어 보았다. 백사는 시인을 광대와 풀벌레로 비유하며, 시를 짓지 않고는 못 배기는 자신을 억제하려 했던 경험을 이렇게 말했다.

"손가락을 깨물며 시를 말하기를 꺼렸다. 그러나 시를 만나기만 하면 즐거워 마치 술병이 나서 술을 절제하는 사람이 이내 해장술을 마시려 드는 꼴이라."

백사는 시인이었던 것이다.

백사는 선조·광해군 무렵의 명재상이자, 임진왜란과 같은 난국을 해결한 공신으로 유명하다. 하지만 백사의 이름이 유명한 것은 역사에 혁혁한 그의 공적 때문만은 아니다. 모르는 사람이 없을 만큼 유명한 것은 해학과 기지가 넘치는 그의 어린 시절 일화 때문이다. 절친한 친구인 한음(漢陰) 이덕형(李德馨)과 그가 연출한 이야기는 '오성과 한음'이라는 책명으로 엮어져 잘 알려져 있다. 아이 적에 여러 번 그 책을 읽은 기억이 지금도 생생하다.

하지만 백사는 문장을 잘해서 입신양명한 문인이었다. 수십 편의 묘지명과 시집을 보면 그의 역량을 짐작할 수 있다. 그의 시는 다른 시인들이 쓴 것과 달리 재치와 기지가 넘친다. 아들의 생일에 백사는 장난삼아 이런 시를 쓰기도 했다.

> 부잣집은 딸을 낳아 온갖 시름 모여들지만
> 가난뱅이는 아들 낳아 만사가 넉넉하네.
> 날마다 천 전(錢)을 들여 사위 대접하기 고생이지만
> 책 한 권 아들에게 읽히면 그만이지.
> 나는 지금 아들뿐 딸이 없는데
> 큰애는 글을 알고 작은애는 인사할 줄을 아네.
> 뉘 집에서 딸 길러 효부(孝婦)를 만들어 놓을는지?
> 내 아들 보내서 천년 손님 만들어야지.
> 집 지키고 취한 몸 부축할 일 걱정 없으니
> 장가를 보내고 늘그막에 낙이나 누리련다.

> 富家生女百憂集　貧家生男萬事足
> 日費千錢供婿難　只將一經教子讀
> 我今生男幸無女　大者能書少能揖
> 誰家養女作孝婦　我欲送男爲慢客
> 守家扶醉兩無憂　歸享他年浣花樂

장난삼아 지은 희작이므로 이 시를 심각하게 해석하여 그의

진심이 담겼다고 오해할 필요는 없다. 그렇다 해도 아들을 부잣집 딸에게 장가보내 덕을 보겠다니 익살이 지나치다. 그는 또 '무제(無題)'란 제목으로 남녀 간의 사랑을 읊은 시를 적잖이 썼다. 그의 호방하고 익살스러운 성정대로 거침없이 시를 쓴 것으로 보인다. 그렇지만 문집에는 이런 작품이 많지 않다. 백사가 세상을 떠난 뒤 그의 문집을 엮을 때, 그 문하생들과 자제들이 백사의 위엄을 손상시킬 우려가 있는 시문을 모두 빼서 싣지 않았다는 야사의 기록이 있다. 백사가 지닌 인간미나 활달한 문인의 모습은 현재 전하는 문집에서 찾기가 어려워졌다.

그렇고 보면, 백사에 대해서 우리가 알고 있는 것이 과연 사실인가 의심하게 된다. 사실 오성과 한음이 어릴 적에 벌인 그 재미있는 이야기는 대부분 허구다. 백사는 한음과 스물세 살 때 비로소 교제를 했기 때문에 어린 시절의 일화는 있을 수 없다.

백사는 화급할 때도 기지 넘치는 말을 구사했고, 그런 때일수록 시를 통해 생각을 표현했다. 정치가가 시를 말하지 않는 시대에 백사를 거론하는 것은 난센스이기는 하지만 그에게서 거인의 멋과 풍모를 느끼는 것은 피할 수가 없다.

잡학의 발견

실학의 선구자 이수광

　선조 연간의 학자 이수광(李睟光, 1563~1628)이 편찬한 『지봉유설(芝峰類說)』은 조선 후기 실학을 개척한 저술로 1614년에 완성되었다. 어느 한 분야에 국한하지 않고 천문, 지리, 병정, 관직 따위의 현실 세계의 다양한 국면을 고루 다루고, 풍부한 새 지식을 전달하므로 백과전서의 장점을 충분히 갖추었다. 조선 시대에 쓰인 고전 중의 고전이라는 평을 듣기에 부끄럽지 않다.

　근자에 이 책을 다시 꼼꼼하게 읽을 기회가 있었다. 읽고 나서 한 시대의 정신사를 대표하는 명저임을 새삼 깨달았다. 그동안 지식인의 관심권에 들어 있지 않던 사소하고 잡다한 사실을 학문의 영역으로 끌어오고, 최신의 정보를 지식계에 소개함으로써 그 시대 주류 학문에 경종을 울리고 새로운 방향의 학문을 앞장서 이끌었기 때문이다. 책에 등장하는 기사에는 이런 것들이 있다.

　　태종 때 길들인 코끼리를 순천의 섬에 방목하자 수초를 먹지 않고 울어서 원래 있던 곳으로 돌려보냈다.

　　선조 때 일본에서 공작새 한 쌍을 진상하여 서울 사람들이 새를 구경한다고 남대문에서 한강까지 도로를 메운 소동 사건이 일어났다.

　　조선 사람은 본래 흰옷을 입지 않았고, 국가에서도 흰옷 입기를 법으로 금지했다.

　　유럽 대륙의 서쪽 바다에 영국, 즉 영결리국(永結利國)이 있는데, 그 배가 해안에 표류한 일이 있다.

　　명의 장수와 일본의 중이 안경을 쓰고서 가는 글씨를 잘 읽는 것을 본 적이 있는데 조선에는 안경이 없다.

　　임진왜란 때 명나라 원군 가운데 장신의 해귀(海鬼)가 따라왔다.(칠흑 같은 피부를 가졌다는 것으로 보아 아프리카 흑인을 가리키는 듯하다.)

　　당시 일반 학자의 눈에는 학문의 대상으로 보이지 않을 사실들이 버젓하게 저술의 대상이 되었다. 그야말로 기존의 서적에서는 접할 수 없는 정보가 독자의 관심을 끌어들인다.

　　특히, 로마의 철학자 키케로가 "벗은 제이의 나(a Second Self)"

라고 한 말을 처음으로 소개한 사실이 무척 놀라웠다. 마테오 리치가 『교우론(交友論)』에서 "벗은 제이의 나"라고 한 대목을 인용하고서 이수광은 서양인이 우정을 중시한다고 말했다. 마테오리치의 책은 1595년 10월에 출간되었는데, 그 책에 이렇게 쓰여 있다.

나의 벗은 타인이 아니라 바로 나의 반쪽이니, 바로 '두 번째의 나'라고 할 수 있다. 그러므로 마땅히 벗을 자기처럼 여겨야 한다.

연암 박지원이 어떤 글에서 "벗은 제이의 나(第二吾)다."라고 한 말이 도대체 누구의 말인지 궁금했는데 드디어 풀렸다. 박지원은 이수광으로부터, 이수광은 마테오리치로부터, 마테오리치는 키케로로부터 이 유명한 로마의 속담을 들었던 것이다. 키케로의 말이 박지원의 글에 나온다는 것이 참으로 흥미롭지 않은가?

『지봉유설』은 그 점 때문에 동시대 순수한 학자들로부터 '잡학'이라고 비판받았다. 박세채(朴世采)는 유학의 정통성을 추구하지 않은 대표적인 존재가 이수광이라 했고, 서포 김만중(金萬重)은 『지봉유설』이 분량이 많음에도 "사람의 뜻을 계발하는 구석이 거의 없다."라고 혹평했다. 17세기 성리학자들의 눈에 『지봉유설』의 내용은 의미 없는 사실의 파편일 뿐이었다.

하지만 이 책은 18세기 이후 지식인들에게 큰 조명을 받았다. 현대에 이르러 '잡학'이라는 평가는 폄하가 아니다. 사실의 파편을 엮어서 체계를 갖추려는 사람에게 이 책은 조선 시대를 이해하는 지식의 보고이다. 안타까운 점은 지금도 이수광의 책을 고리타분한 고전으로 간주하여 팽개쳐 두는 현실이다. 이 시대의 지식인들이 오히려 파편의 지식만을 고집하는 결과가 아닌지? 『지봉유설』에는 다음과 같이 세태를 꼬집는 말이 등장하는데 가슴 뜨끔한 지적으로 들려온다.

세상 사람들이 보고 들은 것에만 사로잡혀 작은 지식으로 천하의 온갖 이치를 다 파악하려 하니 될 일인가?

풀뿌리의 맛

체험 없는 지식의 공허

지난날 윤리 도덕을 설파하던 교과서 같은 책이 『소학(小學)』
이다. 이 책은 다음과 같은 말로 끝을 맺는다.

사람이 풀뿌리를 씹을 수만 있다면
무슨 일이든 할 수 있다.
人能咬得菜根 則百事可做

풀뿌리를 캐어 씹는 마음가짐이라면 못할 것이 없다는 말이
다. 선비가 지녀야 할 청렴하고 검소한 생활 태도와 단단한 정
신력을 드러내기에 나 자신도 곱씹어 보고, 학생들과 집의 아
이들에게도 외워 두라고 권해 왔다. 그러나 풀뿌리를 씹어 허기
를 채운 체험이 없기는 서로 마찬가지다. 구한말 저명한 정치가

인 박규수(朴珪壽, 1807~1877)의 글에는 이런 이야기가 있다.

굶주림에 지친 어떤 고을의 백성들이 춘궁기가 되자 원님을 찾아와 이렇게 애원하였다.

"지난 가을 흉년이 들어 먹을 것이 부족합니다. 봄이 찾아왔지만 농사지을 힘조차 없습니다. 관가에서 곡식 좀 꾸어 주기 바랍니다."

원님은 머리를 수그린 채 참담한 표정을 짓더니 물었다.

"먹을 것이 없다니 봄 농사만 걱정이 아니다. 그래 겨울은 어떻게 났는고?"

백성들은 굶어 죽지 않은 이유가 둥굴레와 솔잎, 그리고 몇몇 푸성귀 덕분이라고 대답하였다. 그러자 원님은 벌컥 화를 내며 그들을 내쫓았다.

"네놈들은 사람이 풀뿌리를 씹을 수만 있다면 무슨 일이든 할 수 있다는 말도 듣지 못했느냐? 겨울을 나면서 배불리 먹은 것이 풀뿌리이건만 감히 굶어 힘이 없어서 농사를 짓지 못한다고? 게다가 둥굴레와 솔잎은 신선들이 먹어서 장수하는 비방이 아니냐? 네놈들은 모조리 나라를 어지럽히는 백성들이다."

이 원님이 풀뿌리 맛을 알았을까? 제가 배운 얄팍한 지식을 못 배운 자를 공갈 협박하는 수단으로 이용하다니, 밉살맞기 짝이 없다.

또 강원도 땅에 큰 가뭄이 들어 백성들이 풀뿌리로 연명하다 죽어 갔는데 보리 가루를 섞어 죽을 쑤어 먹은 자는 요행히도 탈이 없이 살아남았다. 그 덕을 본 장정 하나가 풀뿌리를 캐서 지게에 지고 도회지로 나가 보리 가루와 섞어 죽을 쑤어 먹으라고 외쳤다. 그러나 온종일 아무리 외쳐도 사는 자가 없었다. 기다릴 식구도 그립고, 풀을 캐느라 고생한 생각도 나며, 배고픔에다 거기까지 지고 온 수고가 아까워서 값을 내려서라도 팔려고 했다.

그때 겨우 한 사람이 나타나 흥정을 하였다. 그런데 곁에서 보던 자가 "저쪽 집에서 돼지를 잡았으니 나물을 사느니 고기를 사는 게 낫지 않겠수!"라고 말하는 게 아닌가. 그뿐이 아니었다. "굳이 나물을 사려면 동대문 밖의 미나리가 맛이 좋으니 그걸 사우."라는 자도 있고, "이까짓 나물 한 짐이 한 푼이 나가오 두 푼이 나가오? 날마다 토끼 사냥하러 남산을 내달리느라 말이 몹시 주렸으니 여물로 주어야 하지 않겠소?"라는 자도 있었다.

그때 무뢰한 몇이 술에 취해 지나가다 그를 보고는 욕지거리를 해 댔다.

"누가 당신더러 나물을 팔라고 했어? 지금 맛 좋은 채소며 과일이며 시전에 넘쳐서 무와 밤, 대추 같은 것도 먹지 않고 버리거늘 누가 이따위 쓴 풀뿌리를 먹느냐 말이야? 짚신을 꼬거나 자리를 짜지 않고 쓸데없이 한길에 나와서 소란이야!"

그들은 나물 보따리를 우그려 도랑에 처박아 버렸다. 나물을 지고 온 사람은 눈물을 철철 흘리며 아무 소리도 하지 못하고 자리를 떴다.

중국 북송의 시인 산곡(山谷) 황정견(黃庭堅, 1045~1105)은 이렇게 말했다.

"사대부가 풀뿌리 맛을 몰라서는 안 되지만 천하 백성이 그 맛을 알게 해서는 안 된다."

풀뿌리 맛을 모르는 사람들은 부황이 들어 가는 천하 백성을 연민하기는커녕 오히려 구박하고 사지로 내모는데 그 정상이 가증스럽다. 지금 세상에는 그런 모진 사람들이 없다고 말할 수 있으면 좋겠다.

튼튼한 선박

변방의 학자 이강회

다산이 유배지 강진에서 가르친 제자 가운데 이강회(李綱會, 1789~?)란 사람이 있다. 무명의 시골 출신이지만 실은 뛰어난 학자다. 그의 저서는 최근까지도 베일에 싸여 있다가 근자에 흑산도에서 발견되었다.

나는 우연히도 남들에 앞서 그의 저서를 볼 행운을 얻었다. 『유암총서(柳菴叢書)』와 『운곡잡저(雲谷雜著)』를 비롯한 몇 종의 저서를 볼 때 먼저 본 기쁨에 앞서 처연한 느낌이 들었다. 시골에 묻혀 사는 학자의 너무도 큰 걱정이 글을 읽는 내내 어깨를 무겁게 짓눌렀다.

그때나 지금이나 강진은 서울에서 멀리 떨어진 변방이다. 그러나 강진 토박이 이강회의 학문과 생각은 시대에 뒤처지고 어설픈 촌학구(村學究)의 그것이 아니었다. 오히려 천하의 대세를 이해하고 시대의 급선무를 아는 선각자의 그것에 가까웠다. 큰 스승에게 배운 결과는 남달랐다.

그의 저술에서 눈에 번쩍 뜨이는 주제는 선박 제조법이다. 유구, 마카오, 중국, 필리핀의 조선술(造船術)과 서양 선박의 특징을 우리나라의 조선술과 비교하여 상세하게 서술해 놓았다. 이런 따위의 저서를 조선 시대 학자들에게서 찾기는 정말 힘든 일이다. 선비가 배를 만드는 기술서를 쓰는 것은 관습과 상식을 벗어났다고 해야 할 정도다. 하지만 다른 나라에서는 뛰어난 학자가 천하 백성을 구제하는 중요한 기술에 관심을 기울이는 데 반해, 조선은 힘없고 비천한 상인이 아무렇게나 만들도록 내팽개친다고 비판한 그다. 지식인이 기술을 무시하는 것을 묵과할 수 없어 자신이라도 써야겠다는 것이 그의 소신이었다.

하지만 저술의 더 중요한 동기는 다른 데 있었다. 배는 단순히 물건과 사람을 운송하는 수단이 아니었다. 그가 한 말을 직접 보면 이렇다.

"당당한 만승(萬乘)의 나라로서 삼면에 바다를 끼고 있고, 밖으로는 강성한 이웃 나라가 버티고 있건마는 안에는 나라를 보위할 방폐 수단이 없다. 어쩌면 이다지도 심하게 계획이 없는 것일까? 우리는 늘 한산도 대첩을 사방의 나라에 요란하게 뻐긴다. 우리의 배는 투박한데 저들의 배는 정교하고 부드러워, 투박한 배로 부드러운 배를 부딪치면 도처에서 부서져서 승리를 거뒀다고 알고 있다. 그러나 당시에는 지덕(智德)을 겸비한 이충무공(李忠武公)께서 출현하여 출기입신(出奇入神)한 전략으로 적의 예봉을 꺾은 것이다. 어찌 전선(戰船)의 공이겠는가? 원균(元均)의 패배는 우리 전선으로 초래한 것이 아닌가? 나는 일찍이 한스럽게 여겼다."

임진왜란 당시의 해전을 그는 떠올렸다. 거칠게 만든 조선 배를 가지고 연약한 왜적의 배를 충돌하여 물리쳤다고 사람들은 승전의 이유를 들이댄다. 지금도 그렇게 아는 사람이 많다. 조선 배의 튼튼함을 자부하며 외국 배의 성능을 무시하는 사람들에게 너무 좋은 역사적 사례다.

하지만 이강회는 논점을 뒤집었다. 배가 튼튼해서 이긴 것이 아니라 이순신 장군의 뛰어난 전략 때문에 승리한 것이라고. 원균 역시 우리 배로 전투했으나 전멸하지 않았는가? 결국 어떻게 해야 하는가? 해전에서 이기려면 배를 튼튼하게 만들어야 한다.

이강회는 역사적 사례까지 덧붙이며 배를 잘 만드는 것은 '국가를 경영하는 자의 큰 정사'라고 말했다.

"기술이라 무시하고 넘어가서는 안 될, 한 나라의 중대한 정책이다. 주변의 강성한 나라가 우리를 노리고 있으므로 배를 튼튼하게 만드는 것이 해전에서 승리하는 길이다."

남보다 앞서 배와 수레를 견고하게 만들고 기술의 진보를 주장한 동기가 여기에 있다. 그는 1816년 진도군 도합도(叨哈島)에 출몰한 영국 군함의 위용과 대포의 위력을 목도한 일이 있다. 또 이태 뒤에 부근 바다에 표류한 중국 배에 승선하여 관찰하기도 했다. 그는 기술과 규모의 엄청난 차이를 보고서 위기의식을 느끼지 않을 수 없었다. 적극 대처하지 않으면 큰일이 닥치리라는 것을 피부로 느낀 그가 보기에 조선의 기술은 너무도 낙후하였다.

기술은 나라의 운명이 걸린 일이었다. 그는 국가가 의도적으로 기술자를 우대하고 적극적으로 양성해야 한다고 건의하였다. 하지만 이름 없는 시골 학자의 주장을 귀 기울여 들어 줄 사람은 어디에도 없었다. 그리고 그가 우려하던 위기는 몇 십 년을 넘지 않아 참혹한 현실로 나타났다.

구한말, 일제 강점기를 거쳐 지금껏 그의 저서는 흑산도의 한 어부 집에 고적하게 묻혀 있었다. 그가 간절하게 주장하던 조선업이 지금은 세계 최고의 경쟁력을 가지게 되었다. 무덤 속의 이강회에게 지각이 있다면 어떤 느낌일지 그게 궁금하다.

붓을 잡는
올바른 정신

이서와 이광사의 서예 이론서

서예를 즐기는 사람들이 우리나라를 비롯하여 중국, 일본에 수를 헤아릴 수 없이 많다. 지금도 그러하니 과거에는 어떠했을지 짐작할 만하다. 우리나라는 신라인 김생(金生)을 비롯하여 수많은 명필을 탄생시켰다. 그 가운데 대표적인 인물이 석봉(石峯) 한호(韓濩, 1543~1605)일 것이다. 아이들도 글씨 잘 쓰는 사람으로 한석봉의 이름 정도는 알고 있다. 그의 서체는 조선 중기 이래 널리 퍼져 사람들은 그의 서체를 본떠 글씨를 썼다. 서체도 시대마다 사람마다 유행과 기호가 있어서 각기 특색을 갖고 발전하였다.

하지만 독특한 서체를 보유한 사람은 많았으나 18세기가 되도록 서법을 설명하고 따진 이론서는 출현하지 않았다. 그러나 18세기에 접어들어 서법을 체계적으로 서술한 이론서들이 속

속 등장하여 서법이 새로운 단계로 진입하고 있음을 알렸다. 이론서는 서법의 비결이라는 뜻을 가진 '필결(筆訣)'이나 '서결(書訣)'이라는 제목 아래 쓰였다. 대표적인 저작이 바로 옥동(玉洞) 이서(李漵, 1662~1723)의 『필결』과 원교(員嶠) 이광사의 『서결』이다. 두 저작은 귀중한 서법 이론을 체계적으로 논함으로써 현재도 그 영향력이 적지 않다.

이 두 사람은 모두 벼슬하지 않은 채 학문과 서법에 전념하여 탁월한 경지에 오름으로써 자신들의 독특한 서체를 확립하였다. 이서의 서체는 옥동체(玉洞體)라고 불리는데, 윤두서(尹斗緖)·윤순(尹淳)·이광사로 전해져 18세기 조선 서도(書道)의 주류를 형성하였다. 옥동으로부터 출발하는 한국적 서체인 동국진체(東國眞體)는 산수화에서 겸재(謙齋) 정선(鄭敾)이 진경 산수화풍을 창시하여 한국적 산수화를 그린 것과 대비할 만큼 서도사상 중요한 흐름을 만들었다. 왕희지(王羲之) 서체를 바탕으로 하는 이 서체는 기존의 서체를 대체하며 널리 유행하였다.

"우리 동방에는 필가(筆家)가 적지 않지마는, 김생과 한호가 가장 낫다. 그러나 저들은 단지 공력(工力)이 빼어날 뿐, 학문을 바탕으로 그 수준에 이른 것이 아니다. 글씨에 관한 학문은 이서로부터 시작하였다. 이서가 공력은 한호에게 미치지 못하지만 학문은 그보다 뛰어나다고 식자들은 말한다. 현재 글씨로 이름이 난 자들은 모두가 그의 영향을 받았다."

우리 서법의 역사적 발전을 요약한 성대중(成大中)의 말이다. 이들은 이와 같은 탁월한 창작의 경험을 하나의 이론으로 체계화하여 필결을 지었다. 학문이 서법의 바탕을 이루었다는 평을 받은 것이 필결의 저술과 관련이 없지 않을 것이다.

이서와 이광사의 저술은 하나의 모범이 되어 후대에 필결 저술을 촉발시켰다. 저명한 서법가인 김상숙(金相肅, 1717~1792)이 440자의 『필결』을 써서 제자인 심익운(沈翼雲)에게 전해 주기도 했고, 또 홍양호(洪良浩, 1724~1802)는 『필결』을, 나걸(羅杰)은 『필경(筆經)』을 저술하였다. 안타깝게도 홍양호의 저술은 현존하지 않는다. 이러한 저술이 19세기에 들어 추사 김정희의 서법 이론이 나오는 기반을 마련하였다.

이들 필결에는 올바른 마음을 중시하는 정신이 관류하고 있다. 김상숙은 이렇게 말했다.

> 첫 번째 요체는 마음이 바른 것이고,
> 두 번째 요체는 손이 익어야 한다.
> 一要心正 二要手熟

이 필결을 통해서 붓을 잡는 올바른 정신을 터득할 뿐만 아니라, 나아가 조선 후기 예술 이론의 높은 경지를 접해 볼 수 있다.

구한말의
세계 일주

김득련이 만난 새로운 세상

조선 시대에는 외국과 왕래한다고 해야 고작 일본과 중국이 거의 전부였다. 몽골이나 여진, 동남아시아와 인적 교류를 하기는 했으나 그 수는 제한적으로 이루어졌다. 서양의 존재를 지리 지식으로 알기는 했으나 책으로나 표류민을 통해서 접하는 것이 대부분이었고, 그 나라를 직접 체험한 일은 거의 없었다.

외국과 소통하는 구실을 수행한 첨병은 역관이었다. 조선 후기 들어서 역관은 단순히 통역자에 머물지 않고 새 문물을 도입하는 구실을 앞장서 수행하였다. 역관은 중인 신분이었지만 그들의 정치적 비중은 갈수록 커진 것으로 보인다. 고종 연간에 활동한 김득련(金得鍊)이란 사람도 그런 비중 있는 역관이었다.

김득련은 1896년 특명전권공사(特命全權公使) 민영환(閔泳煥)을 수행하여 러시아 황제 니콜라이 2세의 대관식에 참석하는 특별한 체험을 하게 된다. 그가 이등참서관(二等參書官) 직책으로 참여한 이 여행에는, 개화파로서 나중에는 친일 행각을 한 윤치호(尹致昊)도 동행하였다. 조선인으로서는 유례를 찾기가 어려운 먼 세계 여행이었고, 그 기간이 7개월이나 되었다. 이들이 경유한 곳은 상해, 동경, 뉴욕, 런던, 베를린, 바르샤바, 모스크바, 몽골, 블라디보스토크 등이었다.

길고 험난한 여행은 김득련에게 근대 서구 문명에 대한 충격을 안겨 주었다. 충격의 시선으로 경험한 내용을 그는 『환구음초(環璆唫艸)』라는 시집과 『환구일기(環璆日記)』라는 기행문으로 남겼다. 책명에 있는 '환구(環璆)'는 세계 일주라는 의미이므로 세계 일주를 하고서 쓴 시집과 일기였다. 그 가운데 『환구음초』는 충격적으로 받아들인 서양의 새로운 문물을 120여 수의 시로 형상화하였다.

그는 미국 뉴욕에서 전기 박람회를 구경하고서 이런 시를 썼다.

천만 가지 온갖 물건 잘도 만들었는데
전기가 바퀴를 돌려 조물주의 솜씨를 넘어서네.
이치를 알 수 없어 가장 괴기한 것은
먼 산의 폭포 소리가 통 속에 들어 있는 것
千形萬象各成功 一電飜輪奪化工

　전기로 만든 온갖 물건 가운데서 500리 밖에 있는 큰 폭포 소리를 그릇에다 담고 있는 물건이 제일 괴상하여 귀를 기울여 듣다 보니 오싹한 느낌이 든다고 그는 부연 설명을 달고 있다. 이 물건은 바로 축음기이다.

　이뿐만이 아니다. 「화차를 타고 동경에 들어가다」, 「영국의 수도 런던에 들어가서」 따위에서는 번화한 일본 동경의 문물과 세계 제국으로 군림하는 영국에 찬탄하였다. 또 대관식 밤 축제를 둘러보고 연극, 도서관, 분수대, 박물관, 감옥, 조지소, 조선소, 각급 학교를 관람한 후 받은 인상이 시에 잘 드러나 있다. 폴란드 바르샤바에선 이렇게 비감해했다.

> 옛날 폴란드의 수도는
> 지금은 러시아의 한 성일 뿐
> 궁궐은 버젓이 남아서
> 저녁 종소리를 세고 있네.
> 昔日波蘭國　今俄一府城
> 依然宮闕在　還數暮鍾聲

러시아에 점령당한 폴란드의 운명을 조상하고 있다.

한편 서양 여자를 묘사한 시는 흥미롭다.

서양은 본래 여자를 중히 여겨
손님과 섞여 앉는 것에 괘념치 않는군.
입 맞추고 악수하니 정은 더욱 도탑고
술 시키고 차를 평하는 말은 더욱 새롭구나.
西國由來重女人　不嫌雜坐對佳賓
接屑握手情尤篤　呼酒評茶話更新

또 「서적원(書籍院)」이란 시는 이렇다.

기서 만 권을 거두어 서가에 꽂고
유리 책갑에 표지를 하여 달았구나.
책상마다 등불이 휘황한데
와서 읽어도 책을 빌려 주진 않는다네.
收得奇書萬卷支　玻璃爲匣縹籤垂
聯几燈燭皆精設　只許來看不許賒

동양의 전통적 서가와 다른 근대적 서양 도서관을 돌아보고
서 느낀 인상을 묘사한 것이다.

이 시집은 1897년 일본 경도에서 간행되었다. 이들 시에는

전통적인 한시와는 달리 생경하고 낯선 서양의 지명 뉴약(紐約, 뉴욕), 왈소(曰所, 바르샤바) 따위의 어휘와 색다른 문명을 상징하는 조어 가배(珈琲, 커피) 따위가 빈번하게 등장하여 전통적 세계와는 다른 새로운 세계의 도래를 시로써 증명하고 있다.

고려의
서울 옮기기

최자와 「삼도부」

얼마 전 한 방송국의 사극에서 최충헌(崔忠獻, 1149~1219)이 등장하여 무력으로 희종을 폐위시키고 강종을 옹립하는 장면을 보았다. 하지만 강종은 겨우 2년을 채우지 못하고 죽었으니 앞으로는 고종이 등장하리라. 저 가공할 군사력을 지닌 몽골에 맞서 수십 년을 싸운 항몽기(抗蒙期)의 제왕 고종 말이다. 하지만 그는 이름만 황제일 뿐 46년이란 장구한 치세 기간 동안 최충헌과 그 아들 최우(崔瑀, ?~1249)가 휘두른 무소불위의 권력 위에 놓인 허수아비였다.

이후에 펼쳐지는 강화도 천도(遷都)의 역사도 당연히 최우의 작품이다. 몽골 침입의 공포가 전국을 휩쓸던 1232년 2월에 천도 논의가 시작되었고, 5월에 재차 회의를 열었으나 대다수 신하들의 반대에 부딪혔다. 최우는 6월에 다시 회의를 소집해 천도를 결정했다. 모든 신하들은 침묵했고, 개경을 지키자며 유승단(兪升旦)과 김세충(金世沖) 두 사람만이 극력으로 반대했다. 무장인 김세충은 바로 처형되었다.

그 결과 고려의 수도는 40여 년간 강화도로 이어지다가 최씨 정권이 무너진 뒤 개경으로 원상 복귀되었다. 그러나 『고려사』를 비롯한 사서나 문학서에는 천도에 얽힌 사실이 우리의 기대만큼 기록되지 않아 아쉬움이 남는다.

사극을 보면서 오래전에 번역해 놓은 최자(崔滋)의 「삼도부(三都賦)」가 상기되어 다시 찾아 읽었다. 『동문선(東文選)』에 실려 전하는 이 장편의 부(賦)는 고려의 수도였던 평양과 개경, 강화도를 서로 대비해 묘사하고 있다. 화려한 수사가 일품인 이 작품은 사실 강화도 천도의 직접적인 산물로서 당시 신료들과 국민들의 천도에 관한 견해와 정서의 차이를 잘 반영하고 있다.

작품은 등장인물 3인 가운데 평양 사람 변생(辨生)과 개경 사람 담수(談叟)가 새 수도인 강화도에 놀러 와서 정의대부(正議大夫)를 만나 자기가 사는 도시가 수도로서 미덕을 가졌다고 서로 뽐내는 내용으로 구성되었다. 가상 인물 3인의 이름에 이미 가치 판단이 들어가 있다. 옛 서울이 된 평양과 개경의 사람은 따지기나 잘하는 서생(書生)이요 말이나 꾸미는 노인이란 폄훼(貶毀)의 뉘앙스가, 강화도 사람 정의대부는 바른 논의를 전개하는 벼슬아치란 의미가 담겨 있다.

변생과 담수가 옹호하는 평양과 개경의 수도 입지 조건은 무엇일까? 주몽의 신비한 힘에 의해 건설된 평양은 경관이 수려하고 물산이 풍부한 도시요, 풍수지리설에 의거해 건설한 개경은 물산이 풍부하고 인재가 가득하며 풍속과 문화가 번성한 도시이다.

이에 대응하는 강화도의 논리는? 전략적 요충지이고, 수로 교통이 편리하며, 불교 행사가 성행하는 곳이라는 것이다. 그런데 강화도의 논리는 몽골의 침략에 대비한 피난처의 역할을 강조하여 항구적인 수도의 입지 논리로는 궁색하다. 정의대부도 그것을 인정했는지 다음으로 "지금 한창 주상께서는 검소하시고 아랫사람을 후하게 대하시며……"라고 근거를 대려 하자 변생과 담수가 깜짝 놀라 낯빛을 바꾸며 무릎을 꿇고 이렇게 말한다.

"대부께선 더 말씀하지 마십시오. 이 한마디 말만으로도 태평성대의 아름다운 치세임을 잘 알 수 있습니다."

군주를 거론하자 군말 없이 강화도가 새 수도로 적합하다는 합의에 도달한 것이다. 그러나 그들이 합의한 근거는 합리적 논리가 아니라 논리적 비약이요, 언론의 탄압이다. 사실 최자 자신마저 그 논리가 허약함을 짐작한 듯하다.

"강도(江都)는 땅은 넓고 인구가 적어 지키기 어려우니 육지로 나가 항복하는 것이 옳다."

얼마 지나지 않아 최고위 관직에 오른 최자가 이렇게 「삼도부」와 모순되는 주장을 펼쳐 국민의 분노를 샀으니 말이다.

그는 자신의 속내와는 다르게 왜 강화도 옹호론을 작품화했을까? 필시 무신 정권하의 문신으로서 옴짝달싹 못할 정치적 동기가 있었으리라.

몇 해 전에도 수도 이전 문제로 정치권은 물론 온 국민이 의견이 엇갈려 논쟁을 겪었다. 앞으로 다시 불거질 여지가 많은 사안이다. 「삼도부」는 한갓 옛 작품이지만 현실 속의 논쟁과 거듭하여 포개질 것이다.

가던 길
멈추고

길고
느린
여행

정시한의 전국 사찰 여행기

　피서철에 가평 계곡을 다녀왔다. 바쁜 현대인이 여유 있게 다니는 것은 당치 않다고 자위하며 가까이에 있던 월사(月沙)의 묘도 그냥 지나쳐 버린, 서두른 나들이였다. 돌아와서 바로 정시한(丁時翰, 1625~1707)의 『산중일기(山中日記)』를 읽었다. 나와는 똑 반대로 길고 느리게 산을 찾아다닌 여행을 기록한 일기다. 3년을 두고 마음에 드는 암자라도 만나면 한두 달 머물러 독서하다가 다시 길을 떠나는 여행의 과정을 하루도 빠짐없이 기록한 여행기다.

　정시한은 17세기 한복판을 원주 법천리에서 조용히 살다 간 전형적인 학자였다. 학행(學行)이 널리 알려져 조정에서 벼슬을 주려고 거듭 불렀지만 단 한 차례도 받지 않았다. 그런 그가 집을 떠나 여행길에 오른 때는 61세의 고령이었다. 그 나이에 여행에 나선 이유는 무엇일까?

부친은 몸이 허약해 14년간이나 병석에 누워 있으면서도 76세로 장수했는데 효자인 그가 집을 멀리 떠날 리 없었다. 부친상을 마치자 또 모친상을 당했다. 어머니 삼년상을 치르고 났을 때는 이미 늙은 몸, 그는 부족하나마 부모님과 자식에 대해 할 일을 마쳤다고 하고 다시 세상일에 골몰한다면 자기 인생을 배반하는 일이라며 길을 떠났다. 인생의 의무로부터 벗어나 자유롭게 사는 시간을 가지고 싶었던 것이다.

그는 부모를 여읜 뒤에는 집도 제대로 가꾸지 않았다. 이를 이상하게 여긴 제자에게 그는 『주덕송(酒德頌)』을 패러디하여 말했다.

"자네, 내 장담(壯談) 한번 듣고 싶은가? 금강산을 괴석으로 여기고 동해를 연못으로 알며 이 사찰 저 난야(蘭若)를 바장인다면, 기이한 꽃 특이한 나무가 내 눈앞의 풍경 아닌 것이 없을 걸세. 죽기 전까지 즐거움이 진진하리니 추위와 더위가 갈마들고 세계가 야단스럽게 싸우는 것도 모를 걸세. 이제 지리산에 들어가려는데 자네 같이 가려나?"

제자는 뒤를 따르지 않았다. 그는 말과 노새에 음식과 서책을 싣고 노비 두셋을 대동하고 사당과 선영에 인사한 다음 반야봉을 올랐다. 꼬박 3년 동안 서북방을 제외한 전국을 유람하였다. 그의 여행은 당시에도 남다른 것이었다. 지나는 곳의 명산과 사찰, 서원과 명현의 집을 빠트리지 않고 찾아다녔다. 고령임에도 때로는 말을 타고 때로는 걸어서 샅샅이 훑었다. 그처럼 사찰을 순례하듯이 찾아다니며 요모조모 기록한 선비를 보지 못했다.

그는 서두르지 않고 풍경을 감상하는 방법을 택했다. 방과 뜰을 오가듯이 산을 오르고, 길을 재촉하지 않았기에 멀리까지 오래도록 갈 수 있었다. 독서도 여행하듯이 너무 많이 탐을 내지 않았기에 오래 지속할 수 있었다.

그의 여행기에는 곳곳에서 만난 수많은 사람들의 이름이 등장하므로 한편으로는 인명록이다. 또 이동하는 거리의 보수(步數)나 이수(里數)를 반드시 밝혔다. 그는 산을 오를 때 반드시 걸음 수를 세는 버릇이 있었다. 평소 밥을 먹을 때 몇 수저에 먹는지 셈하는 버릇이 나타난 것이다. 지난날 여행지의 낯선 풍경이 그렇게 시선을 끈다.

몇 년 전 설악산에서 늙은 부부를 만난 적이 있다. 부부는 잠자고 식사할 수 있는 자동차를 타고 장기간 전국을 여행하는 중이었다. 그분들의 모습이, 노새에는 짐을 싣고 걸어서 험한 산길을 오르는 정시한의 뒷모습과 포개진다.

사물과의
대화

옛 선비와 기물명

옛 사람의 문집을 들추다 보면 대세를 잡고 있는 시와 편지글 사이에 초라하게 끼어 있는 글을 가끔 보게 된다. 새긴다는 뜻을 지닌 명(銘)이란 문체로 연명(硯銘), 검명(劍銘), 침명(枕銘) 등등 그 이름도 많다. 길이도 몹시 짧고, 운문과 산문의 중간쯤에 해당하는 형식이라 다른 장중한 문체에 치이는 느낌을 준다. 명은 이제는 사라진 낡은 문체이지만 지금도 좌우명(座右銘)이란 말에 옛 모습이나마 희미하게 남아 있다. 하지만 박물관이나 골동품 가게에 진열된 벼루나 문갑, 필통 등을 보면 한문으로 새겨져 있는 명을 흔하게 볼 수 있다. 이런 글을 기물명(器物銘)이라 부른다.

옛 선조들은 세숫대야를 비롯하여 베개, 담배통, 신발, 칼, 거울 등등 온갖 일용 잡기에 기물명을 새겨 넣었다. 그 이유가 무엇일까? 무엇보다 손으로 공을 들여 만든 물건 하나하나가 소홀하게 취급할 수 없을 만큼 귀하기 때문이리라. 일용하는 물건이 아깝고 사랑스러우니 글을 쓸 줄 아는 사람이라면 그 물건에 대한 고마운 마음을 운치 있는 글로 표현하는 것은 당연하다. 소중한 의미를 지닌 물건이라면 더욱이 그렇다.

조선 후기의 대표적인 학자이자 문인인 김창협(金昌協, 1651~1708)은 1699년 여름에 경기도 광주에서 생활에 필요한 자기 몇 가지를 구웠다. 밥그릇과 술 단지, 세숫대야, 등잔, 필통 따위를 도공에게 만들어 달라고 주문했다. 그때 각 그릇에 모두 짧은 글을 써서 구웠다. 그 가운데 밥그릇에는 이런 내용을 써넣었다.

의롭지 않은데 밥을 먹으면
도적놈에 가깝고
일하지 않고 배가 부르면
벌레가 아니겠나.
밥을 먹을 때마다 꼭 경계하여
부끄러움 없도록 하라.
非義而食 則近盜賊
不事而飽 是爲蟊蠹
每飯必戒 無有愧色

밥 먹을 때에도 의로움과 할 일을 잊지 말라고 했다. 밥그릇을 만들 때 그저 아름다운 모양과 크기와 품질만을 따지지 않고, 먹는 사람이 해야 할 의무를 새겨 넣은 그에게서 조선 시대 선비의 정신세계를 엿볼 수 있다.

김창협은 특별한 물건을 만들었을 때 명을 새겨 넣었는데 어떤 선비는 인생의 특별한 전기에 명을 새기기도 했다. 기준(奇遵, 1492~1521)은 기묘사화에 연루되어 함경도 온성에 유배되었다가 죽임을 당했다. 그는 스물아홉 살 젊은 나이에 사방을 가시나무로 둘러쳐서 아무도 접근하지 못하도록 유폐된 상태에서 지냈다. 그때 자기를 둘러싼 갖가지 물건 60개에 하나씩 명을 지어 「육십명(六十銘)」 연작을 지었다. 그 가운데 자기가 머물던 방을 낙천당(樂天堂)이라 이름 붙이고 다음 글을 지었다.

깊이 있게 음미하고
독실하게 즐긴다.
마음에서 우러나오니
애써서 얻은 것이 아니다.
군자가 발분하면
먹는 것도 잊는다.
味之深 嗜之篤
自發諸心 非勉而得

  곤경에 처했건만 오히려 낙천(樂天)이란 이름을 붙여 주어진 환경을 편안하게 받아들이려는 마음을 먹었다. 그 방 안에서 무언가를 열심히 하겠노라고 다짐했다. 그가 하고자 한 것은 아마도 독서와 공부였을 것이다. 누가 시켜서가 아니라 스스로 좋아서 하는 즐거운 일이다. 가혹한 정치가 세계와 소통하는 것을 막았을 때 그는 오히려 적극적으로 주변 사물에게 말을 걸었다.

  고려 무신 정권 시절 최고의 문인으로 추앙받은 이규보 역시 자신이 쓰는 물건에 마음을 담은 글을 쓰기 좋아했다. 몸을 기대는 안궤(案几)의 부러진 다리를 고치고서 이렇게 명을 새겨 넣었다.

  "피곤한 나를 부축한 것은 너고, 다리 부러진 너를 고쳐 준 것은 나다. 병든 이들끼리 서로 도와준 것이니 누가 공이 있다 뽐내랴?"

  마치 안궤의 영혼과 말을 건네는 듯, 부서진 다리의 아픔을 이해하는 듯하다. 네가 나를 부축해 준 것처럼 나도 너를 고쳐 주며 서로 돕고 사는 처지이므로 덕을 베풀었다는 생각 같은 것은 하지 말자는 것이다. 사물에 대한 인간의 오만함은 조금도 찾아볼 수 없다. 아이들이 주전자나 등잔하고 서로 말을 주고받는 동화를 읽는 듯하다. 순수함을 잃지 않았다는 증거다.

이렇게 사물과 깊은 영혼의 교감을 주고받는 기물명을 지성인들은 심심찮게 지었다. 벼루 같은 문방사우가 가장 애호되지만 신발이나 참빗, 안경에도 써 넣어 아무리 작은 물건일지라도 애지중지하는 마음을 담았다. 다산 정약용도 갖가지 물건에 이렇게 명을 써넣기를 즐겼는데 늘 사용하던 붓에는 이렇게 글을 새겨 넣었다.

> 너 때문에 죽고
> 너 때문에 산다.
> 혀끝이 싸움을 일으켜
> 소리는 그치고 자취는 사라진다.
> 모두가 붓이 불러들인 재앙으로
> 태곳적부터 없애지 못한 것이다.
> 由汝戕 由汝活
> 維舌興戎 而聲歇跡脫
> 不律之攸過 振古弗抹

사람의 생각을 겉으로 드러내는 붓으로 인해 사람이 살기도 하고 죽기도 한다. 인간의 역사가 생긴 이래 늘 벌어지는 일이다. 그러니 조심하자고 자신에게 당부한다.

우리 시대에 기물명을 짓는 사람은 없다. 기물명은 현대인에게는 죽은 문체다. 그러나 문체만 사라졌을까? 일상에 쓰는 물건들을 소중히 여길 만큼 물건이 귀하지도 않다. 영혼을 거론할 만큼 손때 묻혀 만든 물건이 드물 뿐 아니라, 사물과 대화를 주고받을 만큼 현대인은 순수하지도 않다. 사라지고 잃은 것이 한두 가지가 아님을 고전을 접할 때마다 느낀다.

베개 맡에서
엮은 수필

세이쇼나곤의 담담한 인생 미학

들로 나가 보니 논에는 벌써 누런빛이 짙다. 날씨도 선선하여 가을이 완연하다. 무덥던 여름도 언제 그랬냐는 듯 홀연 가버렸다. 휙 지나가 버리는 무상한 것은 돛을 단 배와 사람의 나이와 봄, 여름, 가을, 겨울이라고 한 세이쇼나곤(淸少納言)의 말이 그럴 법하다. 날이 선선해지면서 계절 분위기에 어울리는 정취(情趣) 있는 책을 골라 읽고 싶다. "가을이란 하늘의 별다른 가락이라."라고 말한 장조(張潮)는 "제자백가서(諸子百家書)를 읽기에는 가을이 마땅하니 그 운치가 남다른 까닭이다."라고 말하기도 했으니 말이다. 책이 계절과 무슨 관계가 있겠는가마는, 별다른 가을에 남다른 맛을 주는 책을 접하는 것은 남에게 양보하고 싶지 않은 운치 있는 일이다.

행복하게도 올가을에는 그런 책을 만났다. 『마쿠라노소시(枕

草子)』가 바로 그 책이다. 저자 자신이 "할 일 없는 시골 생활 중에, 눈에 보이고 마음속에 생각한 것을 설마 남이 보겠나 하고 써서 모은 것"이라고 고백한 수필집이다. 지금으로부터 1000년 전에 지어진 일본 고전 수필의 효시로서, 세이쇼나곤이란 고위직 상궁(尙宮)이 지은이다. 한 여성이 관찰한 인생 이야기 300가지를 잔잔하고 담백하며 독특한 문체로 써 나갔다. 1000년 전 일본 여자의 삶과는 아무런 교섭도 없는 내게 이 수필집이 곰살맞게 다가오는 것은 정말 이상하다. 담백하고도 예민한 감각, 여성적 시선과 언어가 발산하는 멋이 매력적이고, 인생에 대한 통찰이 생동하여 이틀 만에 다 읽기는 했으나 너무 빨리 읽은 것 같아 종내 아쉽다.

그녀는 인생의 아름다움을 발견하는 방법을 알았던 것 같다. 그윽한 멋이 풍기는 인생사를 몇 가지 드는데 이런 식이다.

방 한쪽 구석이나 장지문 뒤에서 들을 때, 식사 중인지 젓가락 소리와 숟가락 소리가 섞여서 들리는 것. 그런 때 주전자 손잡이가 탁 하고 옆으로 넘어가는 소리 또한 마음이 끌린다.

젓가락 달그락 거리는 소리나 주전자 손잡이가 넘어지는 소리에 마음이 끌리고 그런 데 시선을 두어 글로 쓰는 것이 1000년 전 사람의 감각으로 어떻게 가능할까? 그 예민한 감각이 신선

하기도 하고 놀랍기도 하다. 작은 것의 아름다움에 대한 포착
은 그녀의 장기이다.

두세 살짜리 아기가 막 기어 오다가 작은 티끌 하나를 발견하고
그 조그만 손으로 집어서 어른한테 보여 줄 때는 정말이지 귀엽다.

앙증맞고 귀여운 것을 포착해 냈다. 인생살이 순간순간에 맞
닥뜨리는 우연하고 찰나적인 행위에서 행복과 멋을 발견하여
담담하게 자분자분 말하듯이 전해 준다. 생활에서 발견하는
유현(幽玄)한 삶의 미학이 그녀의 수필에는 번득인다.

남몰래 만나는 애인 목소리를 항상 만나는 곳이 아닌 다른 곳
에서 들었을 때나 누군가 그 사람 얘기를 화제로 올렸을 때도 가
슴이 조마조마하다. 원래 가슴은 조마조마하게 마련인가 보다. 어
젯밤에 왔다 간 남자가 아침에 편지를 늦게 보낼 때도, 그게 설령
남의 일일지라도 조마조마하다.

급한 병자가 생겨 수도승을 부르려는데 마침 자리에 없어 하인
이 여기저기 찾아다니다가 겨우 불러와 한숨 돌리고 기도를 올리
게 했더니, 요새 장사가 잘돼서 자주 불려 다녔는지 앉자마자 다
라니경 읽는 소리가 반쯤 조는 소리인 것도 정말 밉살스럽다.

남자를 기다리며 가슴 졸이는 사연을 묘사할 때도, 분위기 썰렁하게 만든 일을 들 때도 인생에 대한 그녀의 시선은 따뜻하다. 뿐만 아니라 인간 심리와 세태에 대한 날카로운 이해가 보인다.

> 밤새 잠자리에서 다정한 말을 속삭이던 님이 새벽녘이 되자 방바닥을 더듬는다. 내 허리띠는 어디 있느냐. 새벽 동이 점점 터 올 무렵이 되면 손으로 방바닥을 탕탕 치며 허리띠를 외쳐 댄다. 남자란 무릇 이런 것이다.

> 세상에 없는 것 세 가지. 며느리 욕을 하지 않는 시어머니, 주인 욕을 하지 않는 하인, 털이 잘 뽑히는 족집게.

『마쿠라노소시』는 그동안 읽어 왔던 한국이나 중국, 나아가 서구의 수필과는 멋과 맛이 다르다. 우리에게 익숙하지 않은 별다른 맛이지만 음미할수록 깊은 맛이 우러난다. 운치가 남다른 계절에 지금껏 경험하지 못한 새로운 정취의 수필집을 읽는 것도 특별한 즐거움이다.

골목에
있는
내 집

천재 시인 이언진

　　윤동주의 시를 좋아하는 독자들이 지금도 많다. 나도 한때 그의 시를 애송한 적이 있다. 대학에 다닐 때 한 노교수님이 "윤동주의 시가 좋기는 하다만 대가다운 맛은 없지. 너무 일찍 죽어서 말이야."라고 하신 말씀이 기억에 남아 있다. 각박한 평이란 생각이 들지만 오랜 사회생활을 경험한 인생의 깊은 맛이 없다는 생각에는 수긍이 간다.

　　윤동주보다도 이른 나이에 세상을 뜬 이언진(李彦瑱, 1740~1766)이란 천재 시인의 경우도 같은 평을 할 수 있을 것이다. 스물일곱 젊은 나이로 생을 마감하자 그 시대의 명사들이 앞다투어 애도했고, 사후 100년이 지나서도 그의 시를 아껴 읽은 독자들이 많았다. 누구도 예상하지 못한 낯선 형식, 특이한 내용은 사람들을 매료시켰다. 목가적 전원 풍경을 읊는 시풍이 대세인 당시 시단에서 그는 처음으로 도회지 풍물을 도입했다. 인파로 북적대는 골목길과 시장의 풍경을 시로써 스케치했다. 157수가 수록된 「골목에 있는 내 집(衚衕居室)」이란 시집의 제목부터 산뜻한 도시풍이다.

> 골목에는 집은 많고 하늘은 적어
> 온몸에 모자를 덮어쓴 꼴.
> 한 조각 땅조차 절굿공이처럼 밟아서
> 백 년 돼도 풀 한 포기 나지 않네.
> 巷裏屋多天少 恰像渾身着帽
> 一片土踏如杵 百年來無寸草

당시로서도 거대 도시였던 서울은 다닥다닥 붙은 집으로 인해 몸 전체에 모자를 뒤집어쓴 꼴이었던 모양이다. 고층 아파트 숲 사이의 아스팔트 위를 걷는 현대인의 인상으로 읽어도 무방할 정도다. 일부러 음악성을 배제하고 시적인 멋을 줄여 건조한 감각으로 도회지의 삶을 포착하였다. 그야말로 모던하다.

그러나 시에 등장하는 골목 안의 삶은 절망적이고 우울하다.

> 이 세계는 큰 감옥
> 몸이 벗어날 사다리 하나 없네.

팔십 년이면 모두 죽어 버려
만백성에 한 사람도 예외가 없네.
此世界大牢獄 沒寸木可梯身
八十年皆殺之 無萬人無一人

사는 집 들보가 머리를 치기에
행각승처럼 떠돌기를 늘 바라건만
마누라는 거미처럼 자식은 누에처럼
온몸을 온통 칭칭 휘감고 있네.
居常苦屋打頭 遊常愛僧行脚
妻如蛛子如蠶 渾身都被粘縛

    그에게는 골목에서 영위하는 인생 자체가 한평생 갇혀 살아야 하는 넓은 감옥이다. 평범한 백성도 임금도 80년이라는 수감 날짜를 벗어나지 못한다. 처자식을 보살펴야 하는 생활의 굴레는 모든 인생을 옥죈다. 골목은 아무리 거기서 벗어나려 해도 벗어날 방도가 없는 인생을 자각하게 만드는 공간이다. 그처럼 파편 같은 짤막한 시편들은 목가적 풍경보다 허위로 일그러진 도회지 삶을 드러냈다.

    그의 시는 시단에 엄청난 충격을 던졌다. 하지만 1764년 일본통신사 행렬에 참가했다가 돌아온 뒤 그는 병석에 누웠고,

곧 운명하였다. 눈을 감기 전에 그는 시고를 모두 불태웠다.

"남겨 둔들 무슨 보탬이 될 것이며, 세상 그 누가 알아주랴?"

그 아내가 달려들어 겨우 건진 것이 지금까지 남아 있다.

겨우 스물일곱 인생이었지만 그가 떠난 뒤의 빈자리는 너무도 컸다. 그의 스승인 이용휴는 이런 애도시를 헌정했다.

> 평범한 작은 남자에 불과하지만
> 죽고 나자 사람 수 줄어든 느낌일세.
> 세도(世道)에 무관한 사람들은
> 빗방울처럼 많기도 하건만.
> 眇然一匹夫 死覺人數减
> 苟非關世道 人多如雨點

죽고 없자 인류의 숫자가 줄어들었다는 느낌을 주는 그런 사람! 천재적 제자의 죽음을 두고 스승은 깊은 상실감을 그토록 간절하게 표현했다. 그의 시가 윤동주처럼 인생의 깊은 맛은 부족할지 몰라도 예리한 문명 비판과 도회적 감각은 지금 읽어도 새롭다. 그가 환생한다면 여전히 스물일곱 청년일 것만 같다.

가던 길
멈추고

조귀명과 그림 속 인생

　　하루가 다르게 풍경이 바뀌는 봄철이다. 서울 홍은동 산 아래 길을 가는데 개나리가 흐드러지게 핀 골목길 너머로 진달래꽃이 붉게 피어 있는 모습이 눈에 들어와 가던 길을 멈추고 한참을 구경하였다. 도심의 산자락에서 진달래꽃을 보는 것만도 큰 행운, 망연히 쳐다보다 다시 길을 재촉하였다. 집들이 다닥다닥 붙어 있는 산 아래 평범한 동네이지만 꽃과 신록이 어우러져 운치가 있어 보였다. '저런 풍경 속에서 들어가 살아도 좋겠구나!' 퍼뜩 생각이 들었다.

　　그렇게 길을 가다가 만나는 멋진 풍경에 넋이 빠진 경험이 적지 않고, 아예 그 풍경이 펼쳐진 마을 속에 들어가 살고 싶은 충동이 한두 번 일어난 것이 아니다. 중앙선 기차를 타고 양수리 근처를 지날 때면, 그것도 가을 저녁 무렵이면 더욱 그렇다. 저 물가 어디쯤에 집을 지어 살고 싶다는 생각이 바로 떠오른다. 상념은 멈추지 않고 그 집은 이렇게 짓고 현판에 새겨 걸 고상한 서재명을 생각해 보기도 한다. 하기야 누군들 바쁜 일상 속에서 가던 길 멈추고 아름다운 풍경에 한번쯤 빠져 보지 않았겠는가? 비슷한 경험을 옛글에도 종종 기록해 놓았다.

안개가 자욱하게 긴 산골 마을에서 농부들이 이랴 쯧쯧 소를 끌며 산 중턱의 다랑논을 갈고 있었다. 공무로 인해 말을 타고 바삐 가던 관리가 멀리서 골짜기를 울리는 밭 가는 소리와 모습을 듣고 보니 무릉도원에나 있을 법한 소리요 풍경이었다. 관리는 가던 길을 멈추고 한참을 구경하더니 여유 없이 살아가는 자신의 처지를 한탄했다.

"나는 왜 이리 고달플까? 어떻게 하면 이런 곳에 집을 지어 놓고 저렇듯이 태평하게 살려나."

그러자 같이 가던 친구가 이렇게 말하는 것이었다.

"자네 저 농부 처지가 되어 보게. 그런 말이 나오나. 온종일 뙤약볕에 일하고 집에 들어가면 밥이나 제대로 배불리 먹을 수 있을 것 같나? 그뿐인가. 가을이 되면 세금 바치라고 아전들 들이닥치면 자기 사는 곳이 지옥처럼 느껴질 걸세. 저 농부는 자네가 신선처럼 보일 걸세."

화폭 속의 정지된 장면처럼 멋져 보이는 산골 풍경은 멀리서 보는 과객에게나 낭만이요 멋일 뿐 그 속에서 생활하는 농부에게는 고단한 생존의 현장이다. 그런 현실을 냉정하게 지적한 친구의 말은 틀리지 않다. 그렇지만 아름다운 풍경을 만나 짧은 순간 일상을 벗어나 화폭 속에 자신을 위치시키는 단꿈을 흔들어 깨운 현실파 친구는 너무 몰취미하다. 우연히 만난 멋진 풍경에 자신을 주인으로 넣어 그린 화폭이 비록 환각이요 망상일지라도 아름답고 소중하다.

영조 시대의 문장가인 조귀명(趙龜命, 1693~1737)은 화첩(畵帖)에 붙인 글에서 이렇게 말했다.

> 호젓하면서도 빼어난 경치의 산촌을 지날 때면 언제나 말을 멈추고 머뭇거리며 그곳에 사는 사람은 그림 속의 인물 같다고 부러워하곤 한다. 하지만 찾아가 물어보면 스스로 즐겁다고 생각하는 사람을 만난 적이 없다. 그렇듯이 그림 속의 사람을 불러 세워 놓고 즐거운 인생이냐고 묻는다면 그들이 즐거우리라고 본 나와 생각을 같이하지 않을 것이다.

조귀명도 비슷한 경험을 자주 했나 보다. 그가 선망한 풍경 속에 사는 사람들 역시 보는 바와는 달리 그렇게 즐거운 인생이라고 생각하지 않았다. 그렇듯이 산수화에 등장하는, 현실에서 초탈한 신선 같은 인물도 만약에 삶이 어떤지를 묻는다면 실제로는 힘겨운 삶을 살아간다고 말하리라고 했다.

"대갓집 벽에는 산촌의 초가집에 숨어 사는 어부와 나무꾼을 그린 그림이 많이 걸려 있다. 눈으로 보기야 즐겁지만 직접 살기에는 근심스러운 법이니 어찌 잘못된 것이 아닌가?"

그렇듯이 처지를 바꾸어 생각한다면, 눈코 뜰 사이 없이 바쁘게 살아가는 현재의 모습이 차라리 더 나으리라. 그러나 길을 가다가 멈춰 서서 짧은 순간이나마 또 다른 내가 있을 곳을 상상하며 그린 화폭을 서둘러 지울 필요는 없을 것이다.

취중 타임머신

남종현과 월암동

    지난 주말 한 학회 모임에 갔다. 학회가 끝나고 술자리가 이어졌다. 가까이 지내는 교수들과 인사동 고서점 사장, 일간지 기자 등이 함께하였다. 밤이 깊어 가고 책과 공부에 관한 잡담 뒤에 고서점 사장인 김영복 씨가 우연하게 이광려(李匡呂, 1720~1783)의 호 월암(月巖)이 서대문에 있는 지명에서 얻어진 것이 아니냐고 물었다. 월암이라면 정조 연간의 유명한 시인으로 연암 박지원과 이름을 나란히 한 학자이다. 그 장소가 구체적으로 어디냐고 물었다. 김 사장은 가 본 적이 있는 카페 뒷마당에 '월암동(月巖洞)'이란 글자가 새겨져 있다고 하였다. 퍼뜩 내 머릿속을 스치는 사람은 오히려 150년 전 문인 남종현(南鍾鉉)이었다. 그의 호가 월암이요 문집의 이름이 『월암집』이었다. 나는 자신있게 말했다.

"그 월암이라면 분명 남종현과 관련될 것입니다. 서대문 밖 성곽 아래 큰 바위가 있고, 거기에 '월암동'이란 글자가 새겨져 있다는 기록을 남겼습니다."

김 사장은 당장 가 보자고 했다. 벌써 자정을 넘긴 시간이었다. 택시를 타고 기상청 옆에 있는 '노이마'란 이름의 카페를 찾아갔다. 안으로 들어가니 유리창 너머 뒷마당에 우람한 바위가 놓여 있고 '월암동' 세 글자가 선명하게 새겨져 있었다. 보는 순간 "저거다!"란 말이 튀어나왔다. 저것이 바로 남종현이 말한 글씨요, 이 카페에서 스위스 대사관이 있는 일대가 그의 옛집이 있던 곳이 분명하였다. 그의 글을 읽으며 늘 월암동이 어딜까 궁금했지만 게을러 찾아보지는 못했다. 우연스럽게 한밤중에 취한 눈으로 확인하게 될 줄이야! 묘한 흥분과 감회가 일었다. 우리가 그것을 두고 떠드니 주인 아주머니도 신기한 듯 귀를 기울였다.

바위 위로 올라가자 서대문 일대가 어둠 속에서도 눈 아래 훤하게 보였다. 당시에는 왼쪽으로 경기감영, 앞으로는 둥그재, 오른편으로는 서지(西池)가 있었다. 서지는 연꽃으로 유명하였고, 그 옆에는 천연정(天然亭)이란 멋진 정자도 있었다. 어둠 속에서 옛날 풍경이 오버랩되었다. 이 동네의 이름이 송월동이란다. 월암과 관련이 있을 것이다.

월암 남종현은 이 바위 아래서 4대째 빈한하게 살았다. 그

서대문구 송월동의 바위에 새겨진 월암동 각자 사진.

는 벼슬을 하지 못한 채 과거 공부하는 사람들을 가르치는 훈장 생활을 하였다. 바위 아래에는 수십 호의 빈가가 옹기종기 모여 있는 작은 마을이었다. 가세가 점차로 기우는 요인을 4대째 내리 도둑이 들끓고 사기를 당하는 처지로 돌린 이유는 이곳의 환경에도 있었다. 친구래야 『송남잡지(松南雜識)』라는 명저를 남긴 조재삼(趙在三) 정도가 있었다. 월암이란 호를 쓰게 된 내력은 「월암서(月巖序)」란 그의 글에 이렇게 나온다.

도성의 서쪽 문을 돈의문이라 한다. 돈의문을 통해 밖으로 나가서 성곽을 따라 돌아가면 왼편 1리쯤 되는 곳에 성곽을 등지고 불쑥 솟은 둥글고 검은 바위가 있는데 월암(月巖)이라고 부른다. 바위는 높이가 한 길쯤 될까? 그 위에는 수십 명이 앉을 수가 있다. 지대가 높기에 바위도 우뚝하니 높다랗다. 그 위에 오르면 시야가 넓어서 조망하기 알맞다. 그 곁에는 초가지붕에 새끼줄 문을 한 인가 수십 호가 있다. 어떤 호사가(好事家)가 바위에 '월암동' 세 글자를 크게 새기고 붉은 주사를 채워 넣었다. 남종현의 집이 그 바위 아래에 있어 호를 월암이라고 한다.

호를 사용하지 말자는 지론을 가졌던 그를 월암 아래에 산다고 모두가 월암이라 불렀다. 그러나 그는 곧 월암이란 호를 버리겠다고 선언하였다. 이름조차 동네 밖을 벗어나지 못하는 주제에 호가 있은들 알아줄 자 없다는 자괴감 때문이었다. 그는 스스로 '월암동' 바위 아래를 차지하면서도 주인 행세를 포기한 가난하고 자의식 강한 문인이었던 것이다.

지금은 카페의 뒷마당에 갇혀 있고 주변에는 옛 모습이 자취도 없이 사라진 채 망연히 놓여 있지만, '월암동' 석각(石刻)은 과거와 현재를 이어 주는 표지다. 한밤 우연히 찾아간 옛 성곽 아래를 떠나며 온갖 상념이 자꾸만 떠올랐다.

개구리
울음소리

이옥의 「후와명부」

경산에 있는 영남대학교 교정의 숲 옆에는 큰 연못이 있다. 숲과 못을 따라 산보하며 여유를 즐길 수 있는 공간이다. 해마다 여름이면 연못은 연잎들이 수면을 덮어 가고 개구리가 울어대는 넉넉한 풍경으로 바뀐다. 연못을 찾아가 한참을 서성대다 멀어지는 개구리 울음소리를 뒤로한 채 연구실로 들어와 책을 펴는 것이 내 일과다. 도시의 아파트 숲에 살면서 연잎 크는 것을 보고 개구리 우는 소리를 듣는 청복(清福)을 주위 사람들에게 자랑하기도 한다.

이렇게 개구리 울음소리를 듣고 행복해하니 영락없이 자연환경이 파괴된 시대에 사는 사람이다. 내 기억으로는 옛사람의 글에는 개구리 우는 소리를 혐오한 것이 오히려 많다. 그 울음소리가 너무 시끄러워 잠을 이루지 못한 이유이리라. 많은 글들 가운데 장유(張維, 1587~1638), 김수항(金壽恒, 1629~1689), 이옥(李鈺)이 쓴 「와명부(蛙鳴賦)」, 「청와설(聽蛙說)」, 「후와명부(後蛙鳴賦)」가 가장 기억에 남는다.

세 편 모두 시끄럽게 우는 소리에 잠을 설치고 짜증이 나서 개구리를 쫓아낼 궁리를 한 경험의 산물이다. 물론 결론은 각각이다. 장유는 시끄러운 개구리 소리를 듣고 이렇게 생각한다. 개구리는 제 본성대로 울고, 그 울음이 인간에게 큰 해를 끼치지 않는다. 세상을 훨씬 소란스럽게 하는 '큰 개구리'에는 화를 내지 못하면서 도리어 본능에 충실한 미물에게나 화를 내는 자신이 잘못이다. 장유는 제 자신에게서 해결의 열쇠를 찾았다. 김수항도 마찬가지다. 그는 자연의 법칙에 따라 사는 개구리의 삶을 통해 오히려 하늘이 부여한 자연스러운 삶을 거부하는 인간의 가식과 허위를 가증스럽게 여겼다. 자연히 잠을 깨는 시끄러운 개구리 소리를 욕하거나 제거할 어떠한 권리도 인간이 가지지 못한다는 인식에 도달한다. 개구리의 소리에 동화되어 순응하려 노력하는 두 사람의 태도는 생태주의적이다. 장유와 김수항의 해결법은 심오한 철학적 의미를 담고 있다.

내가 감동한 것은 이옥의 글이다. 이옥은 개구리 울음소리를 아느냐는 질문에 이렇게 답한다.

잘 알 수 있지요. 선생도 사람들이 떼를 지어 모이면 반드시 소리가 나는 걸 들어 봤지요? 시장에 모이면 소리가 시장에 가득하고, 성(城)에 모이면 소리가 성에 가득하여, 멀리서 들으면 국이 끓듯 시끄럽죠. 그러나 천천히 다가가서 하나하나 들어보세요. 창자에서 나오는 소리 아닌 것이 없을 테니까요. 슬픈 자의 울음소리, 술에 취한 자의 미친 소리, 노래하는 즐거운 소리, 고함치며 싸우는 소리 등등, 감정이 맺혀서는 바로 소리가 생겨나지요. 개구리도 사람과 같아 그 소리가 감정에서 생겨나지요. 소리를 듣고 감정을 살펴보면 분명히 알 수 있답니다.

멀리서는 음악으로, 가까이서는 시끄러운 소음으로 들리는 것이 개구리 소리이다. 수많은 개구리의 합창을 뭉뚱그려 소음이니 음악이니 말하지만 그 소리는 한 마리가 내는 것이 아니다. 그 소리를 가까이 다가가서 들어 보라! 다 사연이 있고 감정이 배어 있다. 인간 사회가 그렇지 않은가! 시장 바닥의 왁자지껄한 소리를 헤치고 한 사람 한 사람에게 다가가 사연을 들어 보면, 그 큰 소리는 희노애락의 애환에 울고 웃는 한 인간의 창자로부터 솟아 나온 소리임을 알 수 있다. 큰 소리에 작은 소리가 묻히고, 큰 군중의 물결에 각 인간의 애환의 삶이 묻혀 버리는 것이 세상이다. 마음을 비우고 들으면 그 소리가 들릴 텐데 세상은 각인의 애환에 무관심하다.

이옥은 세상의 온갖 소음 속에서 익명의 군중들이 내뱉는 갖가지 소회와 발언을 분별하여 들을 수 있기를 기대했던 것 같다. 사회의 거창한 구호와 이데올로기 속에 묻힌 개인의 소외와 고독이란 것을 개구리 울음에 잠을 설치며 생각했나 보다. 그러한 생각에 잠겨 또 개구리 울음을 들어 보지만 내게는 여전히 편안하게 들려오는 자연의 음악일 뿐이다.

어머니의
마지막 모습

심노숭이 쓴 병상 일지

　신경숙 작가의 『엄마를 부탁해』는 어느 날 갑자기 엄마가 실종된 사건으로부터 이야기가 시작된다. 실종으로 인해 가족들은 너무도 당연하게 여겼던 엄마의 존재를 새삼 깨닫는다. 실종은 엄마에 대한 기억을 분출시키는 계기였다. 분명 불행한 일이나 그런 점에서 한편으로는 다행이다. 대부분 우리들은 그런 자각의 기회를 부모님이 돌아가실 때 얻는다. 그러나 가 버린 분들은 말이 없고, 세월의 흐름과 함께 남겨진 자식들을 무덤덤한 일상으로 되돌아가면 그뿐이다. 기억의 흔적이 크게 남지 않는다.

　과거에는 부모의 기억을 오래 간직하는 것이 전통이었으나 그중에서도 특별한 사람이 있었다. 심노숭이란 정조, 순조 때의 문사가 그런 사람이다. 그는 가족사를 꼼꼼하게 기록하기를 즐겼다. 유독 그는 부모님의 생전 모습과 임종시의 일거수일투족을 정성을 다해 기록했다. 아버지는 아버지대로, 어머니는 어머니대로 따로 적어서 제각기 단행본 한 권쯤 될 분량이다. 방법은 세 가지로 임종을 앞두고 병석에 누운 과정을 세세하게 기록한 '병상 일지[寢疾記]'와 장례의 시시콜콜한 과정을 기록한 '장례의 기록[喪葬記]', 그리고 고인의 말씀과 행동을 기록한 '언행기(言行記)'였다. 아버지의 언행기는 양이 너무 많아 몇 권에 이른다.

마지막 모습으로부터 시작해서 생전의 기억까지 더듬어 가는 과정을 그는 눈물과 회한 속에 담아 냈다. 인상 깊은 것은 어머니의 병상 일지다. 칠십을 넘겨 사신 어머니는 "천고의 여자들에게서 일찍이 없던 분"이라고 기억할 만큼 강한 분이었다. 그런 어머니가 50세 이후 중풍과 치통에 위장병, 횟배로 고생한 뒤로 감기와 구역질, 학질 따위를 앓은 내력을 꼼꼼하게 기록했다. 뭔가 낌새가 이상한 것을 느낀 것은 1812년 4월 2일이었는데, 11일 이후부터 8일 동안은 매일매일 병상 일지를 썼다. 무슨 증세가 나타났고, 어떤 의사에게 어떤 약을 처방받았고, 자신과 딸이 어머니를 어떻게 보살폈는지 일일이 기록했다.

과정을 되짚어가면 하나하나가 다 후회와 통탄을 일으키는 일이었다. 의원 유경홍의 말에 따르면 어머니가 땀을 흘리게 해서는 안 되는데 딸의 말을 듣고 이를 어긴 16일의 일을 후회했고, 고통을 겪는 어머니가 밤새 눈물로 세수한 모습을 아침마다 보면서도 대책이 없는 괴로움을 토로했다. 당황하여 허둥대는 자신에게 잠깐 정신을 차린 어머니가 내뱉는 모진 말도 들었다.

"네 하는 꼴을 보니 내가 어서 죽어야겠다. 내 명을 재촉하는 게 너로구나. 이래서야 무슨 일을 하겠느냐? 내 스스로 끊는 게 낫겠다."

17일 밤에는 자신에게 내려진 지방의 현감 자리가 취소되었다는 소식이 들려왔다. 더 좋은 자리가 나면 임명하겠다며 그렇게 된 것이지만, 마지막으로 어머니를 기쁘게 할 기회마저 놓쳤다고 애달파했다. 그러고 나서 이틀 뒤 어머니는 돌아가셨다. 그의 나이 51세 되던 1812년의 일이었다.

일기 속에 병상 기록을 남기는 경우는 가끔 있어도 이렇게 독립된 저술로 부모의 마지막 모습을 소상하게 기록한 것은 드물다. 그는 이렇게 병상 일지를 쓴 동기를, 하늘이 무너지는 아픔을 폭로하여 천하 후세의 자식 된 사람에게 자기 같은 못난 자를 보고 타산지석을 삼으라는 뜻이라고 후기에서 설명했다. 먼저 돌아가신 아버지 때도 제대로 하지 못했는데 어머니마저도 더 오래 더 편안하게 사시게 하지 못한 회한을 표명한 셈이다.

병상 일지에 그치지 않고 그는 장례를 치르는 과정의 크고 작은 일을 심하다 싶을 만큼 세세히 기록했고, 생전 어머니의 말씀과 행동을 기억 속에서 불러내어 하나하나 점검했다. 후회스럽고 부끄러운 일이라도 숨기지 않았다.

젊은 시절 몹시도 여자를 밝혀 방탕하게 살던 아들을 혀를 끌끌 차면서도 말없이 지켜보던 일이며, 정조 사망 후 경상도 바닷가로 귀양 갈 때 말없이 행장을 차려 주던 일, 귀양지에 도착하여 옷상자를 열자 어머니가 늘 입던 옷 한 벌과 함께 "내가 보고 싶으면 이것을 보아라."라고 쓰인 종이봉투가 들어 있던 일을 기억했다. 그 기억을 떠올리고 그는 또 대성통곡했다. 귀양간 지 6개월쯤 될 때 어머니가 언문 편지를 보내 혜경궁 홍씨가 정조의 사후에 겪는 참혹한 고통을 생각하면 자신의 불행은 아무것도 아니라며 다독이던 일도 떠올렸다. 중년 이후 짧은 곰방대로 담배를 피운 일과 소설을 읽거나 정치에 관심을 두어 남편에게 따지던 일도 있었다.

살아 계실 때야 아침에 못하면 저녁에라도 하면 되지만 한번 가시고 나면 더 이상 기회가 생기지 않는다. 이렇게라도 부모에 대한 기억을 붙잡아 두려고 안간힘을 쓴 것이 그의 저작이다. 그는 자신의 기록이 후세 사람에게 부모를 생각하는 자극제가 되기를 바랐다. 그가 남긴 세 가지 저술을 보며 한없는 부끄러움이 드는 것이 나만의 일은 아닐 듯하다.

살구나무 아래
작은 정자

이유신과 이용휴의 어느 가을날

  이십여 년 전 국립현대미술관에 갔다가 어떤 그림 앞에서 발
길을 멈춘 채 붙박여 버린 일이 있었다. 떨어지는 낙엽이 화폭
전체를 붉게 물들인 김흥수 화백의 그림이었다. 어렴풋이 「가
을」이란 제목의 대작으로 기억하는데 가을의 불타는 서정이 보
는 이를 압도하였다. 그 뒤로도 여러 번 그 그림을 보았으나 늘
나의 걸음을 붙들었다. 가을날 단풍 하면 내게는 그 그림이 떠
오른다.

  그처럼 강렬하지는 않으나 보면 볼수록 가을 정취에 취하게
하는 그림이 이유신(李維新)의 「행정추상도(杏亭秋賞圖)」, 즉 행정
에서의 가을 풍경 감상이다. 이유신은 정조를 전후한 시대의
중인 화가라는 것 외에 알려진 사실이 거의 없다. 남아 있는 그
림 몇 점이 운치가 있어 널리 감상의 대상이 될 뿐이다. 그림은

전체의 색조가 노랗고 붉어 단풍 든 가을날 분위기를 물씬 풍긴다. 조선 시대 그림으로서 이처럼 독특한 색채를 띠는 것을 많이 보지 못했다. 그러면서 이 그림은 허다한 상념과 느낌을 자아낸다.

이 그림은 실제 풍경과 자신의 체험을 묘사한 것이 분명하다. 이유신이나 친지의 집 풍경일 것이다. 담채(淡彩)의 화폭 저편에 구불구불 이어진 성곽이 있고, 그 아래 나무 사이로 늘어선 지붕들이 보인다. 꽤 많은 집들이 성곽을 등지고 들어섰다. 그렇다면 아무래도 서울 성곽 주변으로 보인다. 이유신의 시대에 서대문 성곽 안팎은 집들로 빼곡하게 들어차서 가난한 선비들이 많이 모여 살았다. 그림 속 장소는 그 어디쯤으로 보인다.

화면의 비어 있는 중간 부분은 넓게 펼쳐진 들이나 호수일 것이다. 오른쪽에는 산언덕이 끝나 있고, 몇 그루 나무가 붉게 물들어 있다. 초가로 지붕을 이은 정자가 화폭 중앙을 차지하고 있는데, 그림의 주제는 바로 이 정자다. 규모가 그리 크지 않은 정자는 돌로 쌓은 기단 위에 기둥 넷으로 지붕을 지탱하고, 나무로 난간을 둘렀다. 선비 여섯이 여유롭게 앉아 있는데 이야기도 나누고, 풍경도 구경하고 있다. 고매한 선비 여섯이 저무는 가을 정취를 만끽하기 위해 날을 잡아 정자에 모였고, 이 호젓한 정자에서 상추회(賞秋會)를 열었다. 이런 장소, 이런 모임은 그들의 인생에서 그림으로 남겨 기념할 만한 일이 아니었을까. 이 그림의 주제는 바로 여기에 있다.

천원(泉源)이란 호를 쓴 문사가 쓴 그림 상단의 시에는 이날 모인 선비의 가슴에 침전된 가을 풍경이 담겨 있다.

성 밑에 초가집 한 칸

국화는 가을바람 견디고 있네.

서리 맞아 곱디고운 단풍잎은

두 뺨이 붉디붉게 물들어 가네.

一間城下屋　寒菊耐秋風

采采霜楓葉　染來兩頰紅

시인은 울타리 안쪽의 국화와 주변의 붉은 단풍에 눈길을 던지고 있다. 이 정자 옆에는 노랗게 물들어 가는 살구나무 한 그루가 서 있다. 행정(杏亭)이란 살구나무 옆에 있는 정자라 해서 붙은 이름이다. 여름날 짙은 녹음을 정자에 드리웠던 이 나무가 가을 되어 단풍을 선물하고 있다.

그런데 하필이면 살구나무일까? 살구나무는 한국인에게는 몹시 친숙한 나무였다. 열매도 그렇지만 마당에 심는 조경수로도 사랑받았다. 키가 그리 높지도 않으면서 열매와 그늘을 제공한다. 실제로도 그렇지만 그림 속의 살구나무는 아련한 추억의 빛깔로 서 있다. 그리고 정자다. 이 정자는 기단을 다락으로 만

이유신이 그린 「행정추상도」. 여섯 명의 선비가 살구나무 아래 정자에 모여 앉아 가을 풍경을 감상하고 있다.

들지 않고 축대로 쌓았다. 축대로 높인 이유는 바람을 잘 들게 하고 또 멀리 조망하기 위해서다. 사방이 툭 트여 바람을 맞으며 눈앞에 펼쳐진 채 지나가는 아름다운 계절의 한순간을 포착하기에 어울리는 건물이다.

살구나무 아래 작고 소박하게 지은 정자는 조선 선비들의 멋스러움의 표현이다. 지상으로부터 조금만 더 올려 지어 상하 사방을 시원스럽게 눈으로 더듬는 멋스러운 쾌락이다. 서유구란 학자는 집 가까이에 정자를 세우고 망행정(望杏亭)이라고 부르며 이렇게 말했다.

주택의 남쪽 밭두둑과 이랑이 수를 놓은 듯이 어슷비슷 펼쳐진 들녘에서 높게 솟아오르고 시원스레 뚫려 아무런 막힘도 없이 사방을 조망할 수 있는 땅을 택한다. 그 땅을 다져서 축대를 쌓고 그 위에 정자 한 채를 짓는다. 정자의 지붕은 기와로 잇고 하부는 헌(軒)으로 짓되 혹은 사각으로, 혹은 육각, 팔각으로 의향대로 짓는다. 정자의 동서에 각각 다섯 그루씩 버드나무를 심어 아침 햇살이 돋을 때나 저녁 햇살이 질 때 그늘을 드리우게 한다. 밭을 갈고 써레질하고 북을 돋우고 김을 맬 때마다 주인은 긴 의자 하나, 책상 하나, 차를 담은 병과 술동이를 가지고 정자에 나가 일하는 사람들을 진종일 독려하고 살핀다. 정자는 서릉(徐陵)의 "살구꽃을 바라보며 밭갈이를 독려한다!(望杏敎耕)"라는 구절을 취하여 망행정(望杏亭)이라 부른다.

마치 「행정추상도」의 정자를 설명한 글처럼 보인다. 공교롭게도 정자 이름도 살구를 바라보는 정자라는 '망행정'이다. 이 글을 보면 '행정'도 누군가의 집에 딸린 부속 정자일 것만 같다. 서유구는 사방에 펼쳐진 풍경을 즐기는 것도 의도에 넣었겠지만, 일차적으로는 농사를 독려하는 집주인의 입장을 앞세웠다. 배부른 부농의 호사취미의 공간이라 비아냥거릴 법하지만 그림 속의 정자는 그런 소릴 들을 만큼 화려하지 않다.

주변보다 높다랗게 지은 정자는 그림에서 보듯이 그리 크지 않다. 여섯 사람이 앉으면 꽉 찬 느낌이다. 비좁은 공간이지만, 아니 비좁은 공간이기 때문에 저 넓은 세계를 잘 조망하고, 마음이 그곳으로 달려갈 수 있는 것은 아닐까? 비좁은 공간에 앉았으나 사방을 툭 터놓은 곳이기에 오히려 넓은 세계를 잘 받아들일 수 있다. 그림 속 정자에 앉아 있는 선비들의 마음을 비슷한 시대의 문인인 이용휴의 글에서 나는 찾고 싶다.

> 늙은 살구나무 아래 작은 집 한 채 있다.
> 방에는 시렁과 책상 등속이 삼분의 일을 차지한다.
> 손님 몇이 이르기라도 하면 무릎을 맞대고 앉는, 너무도 협소하고 누추한 집이다. 하지만 주인은 아주 편안하게 독서(讀書)와 구도(求道)에 열중이다.
> 나는 그에게 말했다.
> "이 작은 방에서 몸을 돌려 앉으면 방위(方位)가 바뀌고 명암(明暗)이 달라지네. 구도(求道)란 생각을 바꾸는 것이 아닌가? 생각이 바뀌면 그 뒤를 따르지 않을 것이 없지. 자네가 내 말을 믿는다면 자네를 위해 창문을 밀쳐 주지. 웃는 사이에 벌써 밝고 드넓은 공간으로 올라갈 걸세."

「행교유거기(杏嶠幽居記)」란 짤막한 글 전문이다. 제목은 '살구나무가 있는 산자락 밑의 호젓한 집을 위한 글'이다. 공교롭게 이 가난한 선비의 집도 늙은 살구나무 밑에 있다. 살구나무가 이렇게 자주 등장하는 것은 그만큼 친숙한 나무라는 이야기인데 급제화(及第花)란 별칭에 나타나 있듯이 과거에 급제하기를 바라는 선비들의 소망도 담겨 있다.

아무튼 살구나무 아래 작은 집은 선비가 살기에는 몹시도 작다. 손님이라도 오면 방이 꽉 찰 만큼 비좁다. 작가는 집을 찾아가 그 친구를 위로한다. 작은 집이지만 창문을 밀쳐 밖을 내다보면 밝고 드넓은 세계가 펼쳐져 있다고. 넓은 세계를 바라보는 데 집과 방의 크기가 무슨 상관이 있겠는가마는, 작은 집, 작은 방도 넓은 세계를 바라보는 데 하등 방해가 되지 않고 오히려 더 잘 볼 수 있다는 말을 하고 싶었을 것이다.

이유신의 그림에 이용휴의 글은 겹쳐 읽기에 어울린다. 이용휴의 글을 읽으며 다시 이유신의 그림을 보면, 그동안 제각기 다른 인생살이에 골몰하다 가을 풍경을 핑계로 모여든 선비들의 두런두런 거리는 대화 소리와 상쾌한 웃음소리가 들리는 듯하다. 어느 가을날의 멋진 하루였다.

안대회

충남 청양에서 태어나 연세대 국어국문학과와 같은 학교 대학원을 졸업했다. 명지대 국어국문학과 교수를 거쳐 현재는 성균관대 한문학과 교수로 재직 중이다. 정밀한 해석과 깊이 있는 사유, 세련된 필력을 바탕으로 옛글을 고증, 분석함으로써 선인들의 삶과 지향을 우리 시대의 언어로 풀어내는 작업에 매진하고 있다. 지은 책으로는 『벽광나치오』, 『고전 산문 산책』, 『조선을 사로잡은 꾼들』, 『선비답게 산다는 것』, 『정조의 비밀편지』, 『18세기 한국 한시사 연구』 등이 있고, 옮긴 책으로는 『추재기이』, 『산수간에 집을 짓고』, 『한서열전』, 『북학의』, 『궁핍한 날의 벗』 등이 있다.

천년 벗과의 대화

1판 1쇄 펴냄 · 2011년 7월 29일
1판 3쇄 펴냄 · 2014년 2월 27일

지은이 안대회
발행인 박근섭, 박상준
편집인 장은수
펴낸곳 (주)민음사

출판 등록 · 1966. 5. 19. 제16-490호
서울특별시 강남구 도산대로1길 62(신사동) 강남출판문화센터 5층 (135-887)
대표전화 515-2000 / 팩시밀리 515-2007
www.minumsa.com

ISBN 978-89-374-8375-2 03800